# 据守

肖成年 著

Jushou
Xiaochengnian zhu

肖成年作品
xiaochengnian zuopin
2018

敦煌文艺出版社

图书在版编目（CIP）数据

据守 / 肖成年著. -- 兰州：敦煌文艺出版社，2019.9（2022.2重印）
ISBN 978-7-5468-1802-3

Ⅰ. ①据… Ⅱ. ①肖… Ⅲ. ①诗集－中国－当代 Ⅳ. ①I227

中国版本图书馆CIP数据核字(2019)第210122号

## 据 守
肖成年 著

责任编辑：杜鹏鹏
装帧设计：韩国伟

敦煌文艺出版社出版、发行
地址：(730030)兰州市城关区读者大道568号
邮箱：dunhuangwenyi1958@163.com
0931-8152351(编辑部)　0931-8120135(发行部)

北京一鑫印务有限责任公司印刷
开本 787毫米×1092毫米　1/16　印张 15.5　插页 2　字数 200千
2019年10月第1版　2022年2月第2次印刷
印数：1 001~3 000

ISBN 978-7-5468-1802-3
定价：38.00元

如发现印装质量问题，影响阅读，请与出版社联系调换。
本书所有内容经作者同意授权，并许可使用。
未经同意，不得以任何形式复制转载。

肖成年

# 沉潜在思想的河流里

樵夫

　　为成年诗集作序，成了我最难的一件事。主要是自己学诗没几年，对诗理解不深，不敢胡说，再者就是成年早在20世纪80年代就开始写诗，多年修炼，早已修成正果。多年来，成年当记者、编辑、总编，养成了观察思考的习惯，这也给他的诗歌创作带来了丰富的视野。他的诗歌题材广泛，涉及的内容很宽，上至庙堂神谕，下至市井人性，日月星辰、草木山水，无所不及。他的作品中，有着对生活中细微事物独到的体察与感悟，也有着以诗人的敏感和视觉、用诗歌浓缩的语言诠释着的生活中的至情至性。读他的诗会感觉天高地远，弹性空间非常大，很多事物都被他信手拈来，赋予美好的诗意。应该说，在成年的诗歌成分里，阳刚的男性意味是十分明显的，我们能够从一行行细微的诗句中读出一个西北汉子的内心。在成年的诗里，我们不仅读到他内心阳光明朗的气质，更能读到厚重坚硬的生活。

　　我和成年是在20世纪80年代末，由当时《人民邮电报》副刊编辑顾震美老师操办的邮电系统一个文学征文颁奖活动上认识的。那时我们二十几岁，风华正茂，无话不谈。后来开始相互关注，通信，打电话，联系一直没有断过。那时，他创作体裁广泛，小说、报告文学、纪实文学，散文、诗歌都写一些，但诗歌写得最多。当年，他的诗歌就展现出一种探索性的审美追求，记得我和郑德伟还为他的诗写过一篇评论。可以说，成年一直在寻找自己的文学之路，他的勤奋和探索，成就了他的文学高度。后来他寄给我两本书，一本是散文集《关于西部》，一本是诗集《在高原》，书很精致，沉甸甸的。那本诗集，是我经常翻阅的。因为《在高原》诗行里，既有高原的沉重，也有诗意的跳荡，一些事物在诗里会像呼吸一样灵动起来，产生一种诗意背膈的空旷和悠远。

　　那时，我就觉得成年走得很远了。他的诗不但扣住了陇原这块故土，也彰显了远方的气象。在成年的诗里，地域性成为一个鲜明的标志。他为高原而歌，骨子里充满了高原的脉息，不管诗歌中书写怎样的人和事，其底色都与西部高原有关。在这样的生命底色中，他的诗凝结着一个男子的沉着和苍凉。而这种苍凉和沉着正是岁月所给予他的，是他不断在生活中积淀的结果。他没有忘记自己脚下的泥土，也没有忘记山岗上的落日、头顶的繁星。在岁月的长河中，他用独特的发现和感悟，不断写出内心的诗意。

　　我想成年给自己诗集命名为《据守》定然有他的深意。就像他脚下的那片土地，是中国最古老、最粗犷、最干燥、最荒凉的。成年执着于内心的一种坚守，这种坚守隐含着更为执着的基因，就是对生存的这片土地的关照，是对这片地域之上生存状态的关照，是对生存状态精神维度的关照。就像他的书名一样，据守，是他在坚守的基因里无法逃离的写照。就像他写的"如果在家门口，我却找不到家／那一天，我已在归去的路上"（《我已在归去的路上》）。家有时是一个哲学概念，有时是一个地理概念，对于一些人，无法选择出生，因此无法选择家的地理概念。有些人走出去了，家变成一种原乡的情结，而那些依然生存在这个被叫作家乡的真实的山水人文构成的地理环境之中的人，他们的内心会产生某种依赖和探寻，不断地质疑和接受，不断地强化和赞颂，使得一些外化的物质特征明显的意识和抽象的精神层面的意识交织起来，形成一个独特的地理时空，这个时空是无形的，又确之可见，时间之轴在这里不再是绝对的，而一些细小的事物，会站上一些位置，代表更高远的精神指向。我想，这就是成年的诗的走向，或者说是成年的内心世界中最诗化的部分。也许这样说过于武断，甚至有一些贴上去的感觉，但我觉得成年已在他多年的诗歌创作中，不知不觉把自己的精神指向融入了对陇原大地的深深眷恋。

　　成年的诗集分为三卷。卷一：刀锋和马匹；卷二：细微的春天；卷三，离春天很近。从诗末标注的写作时间看，能清晰地看到一个时间轴——2018年。

每一卷的作品,都整齐地沿着2018年这条线,从年初,到年尾。卷一分量最重,在这一辑的作品中,呈现了成年的诗极具丰富性的视角和诗性世界。他以一个诗人的敏感和成熟的诗艺,多手法、多角度书写了被他捕捉到的事物,这些事物是多样性的,有时是时间,比如《一月》《岁末书》《今夜》《秋天里》等,这些诗有着明显的时间刻度:

一月又来,只是我忘了
去年今日薄暮中
我在祈祷什么(《一月》)

在诗人的心里,一月是周而复始的,一月就像其他月份一样来了又去,去了又来,但一月是每年的开头,它同其他月份又是那么的不同,而我们经历了一次又一次的一月,是否记得当初的心愿?或者是否还记得一年前许下的诺言?由此可见,我们忽略的东西太多。时间在诗歌里历来都有着鲜明的标签,通常用来构建内心对外部世界的碎片化感知的顺序通道。内在的时间逻辑不言而喻。

怀揣秋天的诸多心事
我只想从葡萄里掏出酒
窗外的蝉鸣,一声连着一声(《秋天里》)

不管是蝉鸣,还是无影的风,这些事物总是能让人想起秋天,诗人没有过多的纠缠秋天的物象,而是要在秋天中找到自己对生活的一点点要求,他揣着心事,想从葡萄里掏出酒来,这里的酒不只现实意义上的酒,更是一种情怀,或者说一种精神向度的理想。

风,把时光吹了一万遍
时光仍旧。空旷与蓝,不紧不慢
而体温,正一点一点在流失(《岁末书》)

在成年的诗中,带有时间色彩的诗很多,而且通常是小角度,用细微的意象构成诗的维度，然后表达出他对这个世界的认知和理解。实际上，时间一直都是很哲学的问题，在时间的概念里，所有的存在都是过去式的，包括成年在每首诗的后边，加上写作时间，仅这一点，就突显了时间性在成年诗歌中的分量。

　　成年更多的诗歌带有很明显的地理特性，那些细小的地名，成就了成年的另一些诗，这些地理上的名词，有时就是一个人对方位的辨识，很像一卷山水画，但又不全是。一些山水风物，会成为生命的另一种关照，就像生命的长度线性的，而宽度却因为被标记后，产生出的思想上的弹性。成年正是用这样的地理方位，标出了生命中的弹性。《兰州》正是这样一组作品。第一首《黄河鲤鱼》这样写道："老者叹口气，仿佛咬钩的鱼／刚挣脱，游向了久远／／其实，鱼并没游远／黄河就是一尾大鱼，风过处／河漂满了鳞……"成年，或者任何人，面对黄河的时候，首先想到的是一种壮阔，黄河之于兰州就像母亲之于儿女一样，站在岸上的人，想到自己是一尾脱钩的鱼，想游离，想逃脱，可是当他发现黄河也是一条鱼，他已逃无可逃，地理上的命运已然注定。《曹家巷》是另一首，我猜想成年就住在附近，几十年如一日地经过一条路："一根令人不安的细线，在地图上／一头系着酒泉路，另一头／系着武都路……——要吗，诚心了可以便宜／曹家巷口，用压低的嗓音喊我／那根细线，时常会绊我一下"，这条线一样的路，给他与世界的联系，给他烟火，同时也给他磕磕绊绊。肯定这个地方，是刻在生命里的，痛和爱都在。最后一首《兰州》："庞大。孱弱。这座城市／正在置放无数个支架／麻醉药剂从洒水车上不断地注入／城市，依旧呻吟／／黄河上大桥镂空的栏杆中／太阳与月亮，色泽不同的一双眼睛／一只欲言又止，一只满含忧郁／／而我，是置放在五泉与白塔／两座乳峰间的一颗心脏／非常非常小心地跳动"，在诗中他用了两个比喻，一个给城市注入麻药的洒水车，一个是五泉与白塔，像两个乳房，这个城市带有明显的大城市病：庞大，孱弱。无数的工地，新建的城市街区，不断被放大的呻吟，我想，正是这样的焦虑，让他像两座乳房间的小心脏一样小心地跳动，爱且痛或者痛且爱，每个人心中都有一个不一样的兰州。

　　当然，成年的视野不止于兰州，他的诗里有《在唐汪》《马蹄寺》《千年走廊》《火焰山》《夜宿白哈巴村》《东湾》等一系列和地理有关的作品，在这些作品里，成年透过地理方位带来的空间变化，更深刻地思考人与自然、人文、历史、地理的关系，甚至思考我们生命偏离正轨时，万物对我们的校正：

> 那朵杏花与旁边的杏花低语着什么
> 是不是看中了树下哪家公子
> 为了美人啊，想必可以不要江山
> 在唐汪农家的下午
> 一只布谷鸟反复纠正我们的发音
> 姑姑——等；姑姑——等（《在唐汪》）

在成年的诗行里，行走是一个大的命题，这一命题从本质上说，体现了成年创作的一贯性，即黄土高原给予他的粗犷、坚硬、刚性的一面。这和他生存的地域赋予人的秉性是分不开的，是他生命基因的一部分。而这种刚性的东西，在成年这本诗集里，有了些许的变化。他试图让诗更沉静一些，诗语更舒缓一些，写人状物，多笔意婉转。诗中，烟火味更浓，而审美意象更贴近当下语境。我想，成年在这方面也作了一些思考，创作也作了一些改变。我们可以考察一下作为诗集的书名这首诗《据守》：

> 那些忧伤用汉字拼写出来，凌乱
> 时而人间，时而天堂
> 是叩开暗夜门扉的密语
>
> 马匹惆怅，牛羊归圈，夕阳坠山
> 旅途的浓雾渐次闪开。痛楚和彷徨
> 开始对视，思想的蓓蕾在风中醒着
>
> 把一颗心雕成山河，让万顷阳光开花
> 把时光斫成一架古琴
> 在一截炊烟中喊出亲人的名字

哪怕是一粒微尘，灵魂也承受不了
沉重。文字不会令人死亡，也不会孕育新生
有道理的句子若碎金，稀有而珍贵

汉字和诗人互为安慰，相互取暖
汉字在诗人的手中，变得迟钝
诗人在汉字中的步履，越来越迟缓

诗人没有再由形象进入，而起句就引出忧伤，这完全是由心灵出发，门扉和暗夜再不是现实中的门和夜晚，能够对应起来的都是内心的情感和哲思，这是行而上的叙述，是基于事物本质，又超越事物本质的思想的流动。马匹惆怅，牛羊归圈，夕阳坠山，这还是现实中的场景吗？当痛楚和徬徨开始对视，现实也会代入了心灵之境，它不再急于描摹现实，而是要在碎片化的现实物象中，找到心灵契合点，然后升华成行而上的表达，这种表达是完全个人化的，脱离公共语境的鲜明的个性审美。当我们读到"哪怕是一粒微尘，灵魂也承受不了／沉重。文字不会令人死亡，也不会孕育新生……"我们就找到了心灵的标尺，它忠于内心，来自于我们对现实关照后的思考。生命中，一些事物永不完整，但思想的河流可以把这些碎片化的事物粘合起来，做成一根链条。这根链条会牵扯出我们的行走、哭泣、爱恨、离别、生死、悲欢，甚至绝望，这些都是生命树上的果子，只是它们的成熟期不一样，而我们又无法选择，只能用心灵关照它、映射它，用它提升我们对现实、对生命、对自己的认知。

2019 年 8 月 18 日夜

（樵夫，中国作家协会会员，内蒙古兴安蒙作协副主席）

# 目 录

## 卷一 刀锋和马匹

那歌声 ............................................. 3
一月 ............................................... 4
岁末书 ............................................. 5
一场雪 ............................................. 6
想找一张十八岁的照片 ............................... 7
呓语 ............................................... 8
多想 ............................................... 9
怀想 .............................................. 10
失去 .............................................. 11
一根水泥线杆 ...................................... 12
担心 .............................................. 13
一定要 ............................................ 14
三月偶寄 .......................................... 15
书斋夜读 .......................................... 16
众花 .............................................. 17
据守 .............................................. 18
中年 .............................................. 19
画 ................................................ 20
对镜自嘲 .......................................... 21

| 尘世上 | 22 |
| --- | --- |
| 过往的细节 | 23 |
| 铜镜 | 25 |
| 小黄花 | 26 |
| 豌豆花开 | 27 |
| 碎陶 | 28 |
| 细微的春天 | 29 |
| 时光 | 30 |
| 今晚的月亮 | 31 |
| 异乡夜色 | 32 |
| 南湖记事 | 33 |
| 日常 | 34 |
| 立在河边 | 35 |
| 墓碑 | 36 |
| 总有一些 | 37 |
| 刀锋和马匹 | 38 |
| 指纹 | 39 |
| 落日：就此别过 | 40 |
| 雨事 | 42 |
| 听梁祝 | 43 |
| 重逢 | 44 |
| 寂寞 | 45 |
| 风吹白杨 | 46 |
| 宿愿 | 47 |
| 秋 | 48 |
| 远行 | 49 |
| 冬日所想 | 50 |
| 秋天里 | 51 |
| 今晚，那些字词 | 52 |
| 九月的植物 | 53 |

| | |
|---|---|
| 在达生书院 | 54 |
| 今夜 | 55 |
| 中秋望月 | 56 |
| 十月将至 | 57 |
| 今夜想起李白 | 58 |
| 空山 | 59 |
| 认可 | 60 |
| 桥 | 61 |
| 天空是一张纸 | 62 |
| 陶 | 63 |
| 远眺 | 64 |
| 惊心 | 65 |
| 夜读 | 66 |
| 今日立冬 | 67 |
| 下雪天 | 68 |
| 雪后 | 70 |
| 草原 | 72 |
| 瞎三弦 | 73 |
| 一匹马 | 74 |
| 知道 | 75 |
| 观一位画家写生 | 76 |
| 许多疾病 | 77 |
| 所想 | 78 |
| 观雪 | 79 |
| 秋天的树 | 80 |
| 即景 | 81 |
| 雪：冬天的叙述 | 82 |
| 时光 | 84 |
| 中年的冬天 | 85 |
| 感怀 | 86 |

四行五首 ............................................. 87
杯中 ............................................. 89
麻雀 ............................................. 90

## 卷二 细微的春天

大雪节气中的南湖 ............................................. 93
九排松 ............................................. 94
康乐草原 ............................................. 95
白云观 ............................................. 96
雁滩 ............................................. 97
团结峰 ............................................. 98
哈拉湖 ............................................. 99
咖啡屋 ............................................. 100
川藏线随拍 ............................................. 101
俄博以东 ............................................. 102
被废弃的哈斯腾 ............................................. 103
什川梨花 ............................................. 104
与呼伦贝尔语 ............................................. 105
与马蹄寺有关的马 ............................................. 106
雁滩公园的布谷鸟声 ............................................. 107
望见祁连 ............................................. 108
转场的哈萨克姑娘 ............................................. 109
与一头野牛对视 ............................................. 111
在唐汪 ............................................. 112
马蹄寺 ............................................. 113
郎木寺大街 ............................................. 114
在二至哈拉 ............................................. 115
黄河石 ............................................. 116

千年走廊..................................... 117
火焰山....................................... 118
远游......................................... 119
夜宿白哈巴村................................. 120
在敦煌魔鬼城看月亮........................... 121
兰州......................................... 122
东湾......................................... 124
登扁都口..................................... 125
油菜花地..................................... 126
张掖丹霞..................................... 127
沿兰青线至河西走廊........................... 128
胡麻花开..................................... 129
挖虫草的人................................... 130
秋游阿尔泰................................... 132
油菜花....................................... 133
在河西看到大片罂粟花......................... 134
藏地......................................... 135
花湖......................................... 136
敦煌的飞天和菩萨............................. 137
河西古道..................................... 138
两山之间..................................... 139
夜羁祁连山................................... 140
山丹马场..................................... 141
在张掖湿地................................... 142
在张掖听诵念宝卷............................. 143
孤寺......................................... 144
俄博,俄博................................... 145
路过敦煌..................................... 146
挂光缆的民工................................. 147
脚扣......................................... 148

在祁连山脚下遇到一群牦牛......149
甘南，甘南......150
在西域......151
囊谦......152
途经扁都口......153
扁都口石佛......154
所见......155
祁连雪......156
兰州上空的雪......157
甘州湿地......158
古驿站......159
乘火车到拉萨......161
俄博以西，青海湖以北......163
西域随想......164
塞风......166
夕照素描......167
弦上......168

## 卷三 离春天很近

1月11日。晨......171
今夜，春风犹硬......172
冬日的麻雀......173
冬日索引......174
年关将至......175
春节三章......176
怀揣巨大的秘密......179
与君书......181
给听荷......182
对钱寨的描摹......183

| | |
|---|---|
| 芦苇志 | 184 |
| 杏花 | 185 |
| 梦境 | 186 |
| 离春天最近 | 187 |
| 风呵，请缓点吹 | 188 |
| 桂花 | 189 |
| 题一块藏石 | 190 |
| 故园所见 | 191 |
| 收割 | 192 |
| 边写边哭 | 193 |
| 打动 | 196 |
| 老屋 | 197 |
| 外婆的棺木 | 198 |
| 青杏 | 199 |
| 纸上 | 200 |
| 找到 | 202 |
| 钱寨素描 | 203 |
| 村医 | 205 |
| 麦秸垛 | 206 |
| 微光 | 207 |
| 六坝考 | 208 |
| 李家地 | 210 |
| 此殇 | 211 |
| 站在收获后的玉米地 | 213 |
| 面对祁连山的空茫 | 214 |
| 与钱寨村擦肩而过 | 215 |
| 地里长着的那些花儿 | 216 |
| 薄暮中的民乐 | 217 |
| 老榆树下 | 218 |
| 醉酒归来 | 219 |

与菊花书 ............................................. 220
简单的往事 ........................................... 221
我已在归去的路上 ..................................... 222
整个冬天 ............................................. 223
日常 ................................................. 224
钱寨小学和大悲寺 ..................................... 225
篮子 ................................................. 226
一盘草绳 ............................................. 227
再次写下一个村庄 ..................................... 228
我在想 ............................................... 229
喂鸽子 ............................................... 230
自白 ................................................. 231

# 卷一　刀锋和马匹

晨露凝在刀锋
缘刃沿滴下
和老马不肯掉落的泪珠
相为辉映

# 那歌声

那歌声是一匹马,奔跑起来
把时间的鬃毛拉长
如一段河流
蹄声把月光踩成银色的波浪

那歌声是一支舞蹈
轻捏两枚雪花,脚尖踮起
让草原上的风晃了两晃

那歌声是一朵马莲花
清晨打苞,黄昏开放
花蕊,藏着一道闪电

那歌声啊,是一颗子弹
我被射中的身体
除了疼和死亡,还有重生

# 一 月

又薄又厉的风,挥手指挥
树,鸟,山,光亮……
一切可见的事物
准确地寒凉

去年出发的那场雪
被骨缝夹住,没到达大地
让春天心跳加速的那些词句
隐疼一样蛰伏
那么多娇艳的嘴唇,未说一句话
其实,又能说什么呢

一月又来,只是我忘了
去年今日薄暮中
我在祈祷什么

2018-01-01

# 岁末书

风,把时光吹了一万遍
时光仍旧。空旷与蓝,不紧不慢
而体温,正一点一点在流失

道路,任车辙反复锻造
横,或者竖,都是方向

一寸寸变暗的天色中,我执一串钥匙
就算记得时令门牌号
又怎能打开轮回的锁孔

# 一场雪

比雪还轻。惊喜像羽毛
比雪还沉。惋惜像石头

一些雪,钉子般齐刷刷地钉进大地
另一些雪,死在奔赴兰州的路上
第一场雪,最后一场雪
相拥,揖别

一场雪。一场太过迅疾的雪
甚至让
一位诗人来不及吐出
后半个元音

# 想找一张十八岁的照片

那一年的青春荒草一样
荒草是否有过晶莹的亮色
我已十分恍惚

那年的台词无从想起
那年的河道里，奔流着满河的石头
那年，我在等待太阳拿走冷

找不到那年的照片，我无法
把青春插进长颈瓶里观赏
我的十八岁，兴许已被烈日蒸发

2018-01-01

## 呓 语

群山如莲。怀揣琵琶的飞天,闪烁其词
鱼群栖息的诸沙漠,波澜不起
照料了八千年的祁连雪峰
正在谋划,一次逃脱

对天空的唱颂,颂词锈迹斑斑
须用一截马蹄声反复擦拭
与莲花对坐的一只旱獭
被西天镕金的枪管瞄准

我要在今夜,统兵十万,手执利剑
打上月亮这盏灯笼
趁天色未关山门
去吐掉含在嘴里的那些牙齿

2018-01-02

# 多 想

多想调转时光的车头,让它
逆向一碧如洗的岁月

彼时的天空无拘无束
彼时的大地水美土肥
我们和苜蓿花交流着紫蓝色的梦
用牧羊鞭杆和蜥蜴斗智

翻找旧时灵魂,一切开始暗淡
我不知道该双手合十,还是咬住灯火
面对纷扰的世界
无缘无故,我只想流泪

花开后必然花落
在黄河岸边,我怅然而望
多想让时光:慢些,再慢些

2018-01-10

# 怀 想

1

命在奔走,体香全无
雪地上的两棵树,如两个路人
树上刻的两个名字和誓言,犹如
中年之后渐变的体形

2

窗外的鸟鸣,收旧货的声音,都散了
手指和键盘,开始约会

此时,世界薄如纸张

3

生长在城里的诗歌,不是孤单的
身后,定然有篝火,方言,和诵念

4

有根针曾挑出我童年手指上的刺
之后用嘴吮吸,那些痛就不再是痛

2018-01-22

# 失 去

四月把三月，留给春风
失去的，在二胡弦上眠着

雪花失去天空，得到大地
泪告别了眼眶，被时光捧着

我至今无法找回的那样东西
其实，也没失去

## 一根水泥线杆

一根水泥线杆，孤零零地
站着。没有连接的电线、电缆
寒霜是撒在伤口上的盐

倚路而立，衣着朴素，目光迷茫
曾用单薄的身子支撑的欢愉和忧伤
已烟消云散，无迹可寻
弟兄们沿着道路，纷纷隐没于天际
无助。伤痛。空旷。雪片一样
扑打一根孤单单的水泥线杆

日子破旧，暗淡，波澜不惊
一根孤零零的水泥线杆，试图
于风中，用细长的手臂抓住些什么
每个微小的动作那么快被钙化
更多的情节无法展开

一根水泥线杆，它的孤独
与一个中年男人相仿

2018-01-24

# 担　心

总有一些风，硬匝匝地叙述
会否吹走临盆的春天？

总有一些树孤零零地站着，姿势僵硬
会否麻木，或失温？

总有一些烟囱，灼烫湛蓝天空
云层，会否喊疼？

总有磨刀收废品的吆喝，起起伏伏
会否惊扰喜鹊和鸟的翅膀？

我每日用 A4 纸开出药方
可有如此大的瓦罐，熬得下这些药汤？

2018-02-06

# 一定要

一定要舒缓地张开,别惊扰了
玫瑰花瓣上蜜蜂的翅膀
不要尖叫,别让草叶上的露珠滚落
波涛间,我们要吻得热烈而节制

要换上月光浣洗过的薄裙,裙上的
花草和树木,清纯,疏淡
清香一点点就够,足以引领我们
找到两座饱满的粮仓

沿着星光幽长的曲径,向深处走
会有轻雷驶过,会有云朵翻卷
山歌和号子,会把我们的衣袖打湿

一定要守住,我这最后的秘密
如若能有一对儿女
女孩叫棉花,男孩叫玉米

2018-02-07

# 三月偶寄

撒下十万粒阳光
安排好花朵们的出场顺序
三月，打开一篮子芳华

陇南鬓角，率先别上油菜花
凉州衣襟，佩上柳芽胸签
甘州也用湿雾做了挑染

明媚从鸟鸣声中晕染开来
河水轻喘。几朵迎春捧出灿烂
三月，柔软成少女的唇

而我看见一只蚂蚁，春寒中
正拼力托举起一颗米粒
转身，我紧了紧衣带

2018-02-27

# 书斋夜读

是夜。清空所有的光泽与色彩
唯余岁月的黑与空

开满白花的山楂树,顷刻结出青果
撕破船帆的风,瞬间鼓胀胸腔

试图修复粗糙岁月中的破损往事
却被爱的颜色涂得面目全非

是谁在我的身体里开了一扇窗
让隐匿于夜晚的星星渐渐明晰

2018-03-06

# 众 花

桃花要开,杏花也要开
要开的还有红白玉兰、苹果和李子

蜜蜂用黄金锻造好身子,打探花蕊
薄翼蝴蝶,抚摸爱的某一部位

众花,淡淡的粉
浓浓的红
像抑不住的兴奋

有的要成为果实
有的要挥别枝头。有的
开着开着,就睡了
我看着嗅着,就醉了

2018-03-08

# 据 守

那些忧伤用汉字拼写出来，凌乱
时而人间，时而天堂
是叩开暗夜门扉的密语

马匹惆怅，牛羊归圈，夕阳坠山
旅途的浓雾渐次闪开。痛楚和彷徨
开始对视，思想的蓓蕾在风中醒着

把一颗心雕成山河，让万顷阳光开花
把时光斫成一架古琴
在一截炊烟中喊出亲人的名字

哪怕是一粒微尘，灵魂也承受不了
沉重。文字不会令人死亡，也不会孕育新生
有道理的句子若碎金，稀有而珍贵

汉字和诗人互为安慰，相互取暖
汉字在诗人的手中，变得迟钝
诗人在汉字中的步履，越来越迟缓

2018-03-10

# 中 年

敬畏诸神，对每个人微笑
倾听花开的声音
把遗言和尘埃，反复折叠

一扇柴扉时常走进梦中，沉默不语
从身体长出一株阔叶植物，怀旧
凡深夜，必绿得浓如泼墨
一柄折扇轻轻张开，如一段故事
在远处踱步。时而黯然，时而澎湃

今晚的月亮，从形状到颜色
都已步入中年。却像一件银器
被时光磨得越发清亮
而春天，刚好开了个头

2018-03-12

# 画

要有一条蜿蜒的河流，水可见底
要有牛哞，要有蝉叫，要有毛茸茸的鸡崽
小树林必不可少，树上吵闹的鸟儿不可少
要有一间木屋，草屋亦可
风不把门，任月光随意进出

洗衣的女子，长发蓬松地挽着
身旁可缀紫苜蓿细碎淡香
一群蚂蚁翻过一片洁白的花瓣
一首歌谣吹弯了炊烟的蛮腰
草木深处的坟与远山若隐若现

若有风霜和雨雪，就在庭院
置以栅栏
如远方有一列火车驶进夕阳
那就为挥动的手，镀一层金色
不透露半点惆怅

2018-03-15

# 对镜自嘲

不贴花黄。揽镜观照
一个诗者的过往人生

右脸比左脸大,因为咀嚼
也因左边的牙齿少了四颗

本该命犯桃花的丹凤眼
眼角下垂,是碰壁太多
眼神似有歪斜,口角也是
想是此生历了无数违心之事

眼眉也有下弯,是参了尘世几十年
多出来的一些柔软和宽容

2018-03-19

# 尘世上

1
山川日月。江河湖海。风霜雪雨
春夏秋冬。梅兰竹菊。阴晴圆缺
天与地一样辽阔,生与死一直平行

2
风是雨的医师,把云送到天空分娩
月是太阳的拥趸者,盈亏与太阳息息相关
赤道这根竹签,串起四季轮回烤

3
冰雪与梅花各有骨头和思想
钢铁和水泥自有柔软与情怀
群山有群山的寂寞,大海有大海的孤单

4
未谋面者也可情深意厚,日日相逢也许是路人
芜杂的尘世上,有缘人即使相距万里
也会被无数只针脚密密地缝在一起

2018-03-20

## 过往的细节

风是一梭子弹,阳光是无数梭子弹
击穿往事。过往的细节,像断线的珠子
滚落的声音,春雷一样掠过
温暖和安静,落籽成一地幸福

故乡。母亲。安宁。内心……这些词语
是挂在屋檐的一串风铃,声声入心

想起数个不眠之夜,仰望星星和星星
看东方的晨曦,如何擦亮另一个黎明
想起一只鹰在头顶转来,又转去
在苍穹的屋顶搭一架云梯

无法承受的荣光,化解不开的险境,此刻
都是舒缓的幸福和忧伤,让我体无完肤
斟满举过头顶的酒杯,敬献给
天空。大地。父母。朋友……
祈求每一片落叶都有恰当的归宿
祈求每一个人都知道
有些人,错过了就错过一生
有些事,这辈子不做便再无机会

抚摸尚未凉透的往事,眼眶慢慢地发酸
慢慢地被过往的细节感动

2018-03-24

据守

# 铜　镜

谁说它锈蚀了？仔细端详
上上个朝代的妃子正在里面理鬓
酒窝荡漾。薄粉焕发出惊世的美

或可看到，有人在洛阳舞剑，长安饮酒
有人花间看月，江湖上
轮番上演各式传奇，剑光闪闪

被时光裹一层肥厚的包浆，铜镜
古老的胎记，光芒和锋芒
在厚土持久的黑暗中，沉默成谜

一束追光打在铜镜上，解说员
字正腔圆，正在逼近它的身世
不听也罢，不听也罢
裂纹的那道神秘，让我守住
不要让它在我的目光中碎得更深

2018-04-04

# 小黄花

春风的金锣一敲,小黄花
便在小径旁,水泥路的缝隙中
提着黄裙子一盏一盏,亮起来

但不是春天的掌心中开出的惊艳
淡雅。清纯。未加修饰
暮色里,偶尔露出一缕怅惘

别的花朵沉甸甸,有名有姓。而你
不知姓甚名谁,被笼统地称为小黄花
轻盈地走来,轻盈地摇曳
生生死死,死死生生就是一生

2018-04-06

## 豌豆花开

一夜间。无数只白蝴蝶栖落河西大地
无数只黑蝴蝶轻拂青色山冈
另有粉的、紫的、红的……一簇簇
散在人间，与麦田为邻

没什么场景，比这个更令我揪心——
未经许可的鸟儿，落在豌豆秧上
单薄低矮的豌豆弯下身子待客
风起处，豌豆花儿晃几分娇羞

知道不能重新绽放一次，为了豆粒
豌豆花儿，献出汁液和芬芳
那可是她的两片肺叶啊！
抱着豆粒的豆荚，满面堆着感恩

豌豆花儿，我多想是你们中的一朵
风来雨来，都不走散

2018-04-10

## 碎 陶

我极力想从一堆陶片中，拼出器物的原样
陶片上的水纹，某个时点戛然而止
大片的空白地带，让我徒自伤悲

陶片上的花儿，绽开或者凋零
都是寂静的。花茎上的青苔
曾让我的心滑了一跤

想象给一件容器上釉绘彩，我的指尖
浸润每一块陶片，让碎陶的每一毛孔
沁出津液，发出源自灵魂的呼喊

这堆陶片如若有一千块，就让我
做第一千零一块吧。画上太阳和月亮
盛满晶莹的水珠，去养育春天

2018-04-13

# 细微的春天

写下梨花，流水，写下人间四月
写下寺院、草原，写下戈壁落日

这个春天，我无数次让思绪逃离
让马儿从草地尽头来，又在风中消失

用成捆的时光，缝合事物的边缘
弦月中的等待和想念，耐心，细碎

怀揣敬仰和感恩，我写下一堆麦秸
裸露掌心，献给大地和天空

写下一粒青稞，以颜色和形状
娇羞尘世间的一切容颜

这个春天，我掐住自己的脉门，口吐莲花
在一种疼痛中，写下爱的细微

2018-04-13

# 时　光

阳光走下来，一只脚
踩在今年新长出的叶片上，另一只脚
在去年红色的干枣上

鲜亮的叶片熨帖地抱着露珠
等待鸟雀啄食的干枣
缩得指肚大小

新叶和干枣一并进入黄昏
明早，干枣将渐次回归大地
而新叶将持续在天空鲜亮

2018-05-03

# 今晚的月亮

从东逡到西,今晚的月亮,露珠打湿脚面
它在寻找一些干净的词,用来描摹人间
宽大的用心,让灵魂与肉体缝隙越来越大

执着香烛,把大地的辽阔和苍茫依次抚摸
擦拭每一道河流,让浪花露出银白的光泽
从黄昏至黎明,月亮的背一直深躬

十万座村庄睡了,十万扇窗户暗了
醒着的那朵云彩,是大地放飞的风筝
而这一切,都是今晚的月亮乐意歌唱的

数年前的那道暗伤,是否已满面灰尘
今晚的月亮,把往日的某页掀起,再合上
看到某个符号,忍不住吻吻时光的左耳

今晚的月亮,我愿与你兄弟相称
我愿与你相依为命

2018-05-05

# 异乡夜色

夜色翘起小指,用一枚羽毛轻轻地撩拨
一个异乡人的夜晚。大片意象
像陌生的花朵,开得遍地

蝴蝶飞过去,天空摇晃了一下
蜜蜂飞过去,大地留一缕温软
风去向成谜,不知道吹向哪条街巷

夜色把一个异乡人的身体拆解,擦拭
给体内的穴位,逐一扎上银针
打上温度和潮湿两块胎记

异乡的星光轻敲窗扉,我该说请进
还是假装未曾听见?

2018-05-10

## 南湖记事

风吹南湖。湖边的柳摆出各种姿势

鱼在湖中嬉戏,肥得有些笨拙
岛心钢制的鹿,撑起云朵的油纸伞
遮住太阳。伞下几段秦腔,数声鸟鸣

风钟情游湖的少女,把裙角掀起
把湖水挑逗得想入非非
幸有另阵风按住前阵风的手,了了尴尬

树的影子打乱南湖的波纹,花和鱼的影子
被湖水折弯。我莫名地想起乡下
与木完美契合的铁——锄头、铁锹、犁……

2018-05-21

# 日 常

飞越千山的鸟雀，如今在鸣谁的翠柳
踪迹遍万径的人
青丝拂面，人淡如菊

河水向东流去，间或捧出一掬星光
有点局促。流水丝丝入扣
黛眉间，露出一瓣一瓣芬芳

植物茎叶蹑手蹑脚，与细雨缱绻
月亮是一方砚，有人在研墨
有人在纸上渲染马匹，和牛羊

阳光不紧不慢，从东到西，周而复始
枝柯是大地的睫毛，打量一张书桌的安静
看我如何把扔下的那些标点，当宠物养

2018-05-22

# 立在河边

河流也上了年纪？水面上满是皱纹
而河岸仍光鲜如初。这情景
如同记忆与现实，景致迥然不同

我从河流的脸上，辨认出了自己的色斑
从岸边的海棠、榆叶梅和曲柳中
找到自己的身形，曾经的纹路和方向

我看见高于河面裸出的巨石
我听见河水时而轻泣，时而阔笑
我真想走过去拍拍它的肩膀——

水是湍急的，也是公平的
无论高于地面，还是低于尘土
所有凹陷和棱角，均隐于视线尽头

2018-06-07

# 墓 碑

每个人都是石匠,穷其一生
打磨自己。从棱角到圆润
打磨好的石头整齐摆放,众多词汇
写了不同生平。另有看不到的部分
暴露了每个石匠的精细和粗疏

2018-06-10

# 总有一些

一些事物秘而不宣
一些言语无法道出
一件信物地址不明无法递出

一种思念在看不见的地方枯萎
一缕惶恐如阴天的云朵低垂
一种心疼是指缝间漏下的沙粒

一些器物风化在时光的皱痕里
一本残书的细节已无法揣度
一首歌的忧伤让我体无完肤

2018-06-19

# 刀锋和马匹

刀刃已倦,往事锈蚀,刀从鞘中拔出
丝丝拉拉的声音,像老者咳痰

划破天光。空气震响。吹发可断
均尘封已久,时间同刀锋上的锈迹
刀锋久不舔血。如久卧厩中的马匹
蹄铁蚀尽,蹄甲长进肉中
眼神偶尔伸向远方,之后再次迷茫

是夜,握刀的手舞出弧线,刀尖吐出
蛇芯。春雷。划出一片花瓣
是夜,刀锋和马匹,在磨刀声中
走在疆场途中,满心富足

晨露凝在刀锋,缘刃沿滴下
和老马不肯掉落的泪珠,相为辉映

2018-06-21

# 指 纹

未测指纹之上的风水
没有看清楚自己命运的肌理
今日，被一面薄薄的手机轻易窥破
并被其奴役为守门者

2018-06-24

# 落日：就此别过

就此别过。秦时的砖汉时的瓦
那些牌坊，那些寺庙，那些佛塔
无论是因我炙烤喊渴的稼禾
无论是曾受我温暖的壮美山河
就此别过，我身后已空无一物

感动于雪花窖藏大地的深情和呓语
感动于牛群把草原的辽阔写上天际
感动于寺院留守的酥油灯盏
感动于天下的银饰，叮当作响
俯瞰大地，我满怀深情。这世上
已没有不爱的人，没有不爱的土地

穿过最后的云朵，把自己绽成
一朵金灿灿的花。此后
我会拽着三两句诗歌，在夜色行走
发出的光亮不及萤火虫提的灯笼
天地万物，就此别过

满天挽留我的云彩，不必再浪费
许多银质词汇。就此别过

纵身一跃，我跳入山峦，跳入东海
那不是死亡。是拥抱，是表白

2018-06-25

卷一　刀锋和马匹

## 雨　事

雨落在兰山顶上，落在广场的旗杆上
雨也落在了兰州金雁巷

金雁巷的雨水涌进咖啡厅
咖啡厅名叫太平洋却没有它浩瀚
齐膝深的水困住了客人
有人拨通消防官兵电话
消防官兵把客人一一背出咖啡店
背到没有积水的巷口

被背者在消防官兵背上幸福地笑着
脸上的灯光很诡异，被网友拍下
网上嘘声一片，直呼这几个垃圾
有人开始人肉，有人开始撰文评判
早晨的朋友圈已被昨晚的雨事淹没
不久之后看到一封道歉信
昨天的雨水开始变成泪水
被背者自称，感到了"卑微和羞惭"

2018-06-28

# 听梁祝

是月光和流水，闪烁不停
是蝴蝶和草丛，流动不止

静谧。汹涌。再静谧，再汹涌
一次比一次更猛地击打堤岸

长亭更短亭，花开又花谢
怅惘是黑夜，站起来硕大无边

所幸底色温暖，一次次将我唤醒
被一对蝴蝶牵引，翅膀扑闪着星空

所幸万物奏鸣，水面开始生长
暗暗而细小的波纹

2018-07-17

# 重 逢

铁轨这把刀子,把风景一割为二
一只鹰,难以抉择而摇摆
时而出没在左边,时而出没在右边

青稞饱满,胡麻顶着一朵朵蓝花
这儿的景色更适宜拥抱,适合
我从唇间吐出那两个音节

需要这样一个空间,流下热泪
需要这么一块土地,写下诗行
遍地阳光,我想用手指抚摸

而短暂的惊喜之后。像两棵杨树
始终保持着平行的躯干
风停了,杨树的叶子已不多说什么

2018-07-21

# 寂 寞

一只空杯子。苍白的杯壁上
印着依稀的唇痕

一阵蝉鸣。把七月的闷热
一遍遍梳理

一截断墙。一块生锈的画布上
绘一片片苔藓

一轮月亮,如水的光
在青石板路上漫灌了一夜

2018-07-26

## 风吹白杨

八月。白杨已绿得让人无视
有风吹来,无数片叶子
放纵着。几只灰褐色的麻雀
在树杈间跳来跳去

再两三个月,杨树叶子
将交出沙沙的声响
而此刻,他们互相牵着手
传递着彼此的体温

风吹白杨。杨树的影子
像一大摊墨汁。泅湿了八月
我想沾着它,画一幅秋天

2018-08-02

# 宿　愿

立于大地。让风吹拂我的前生与今世
与草木庄稼订一份共处契约
让野菊笑吟吟地爬上我的眼角
在河滩上安放一座小小山丘

有一百株向日葵，就让我
做第一百零一株。木架上已爬满了瓜秧
就让我做一颗蓄满露珠的果实
直到一株玉米认为，我是另一株玉米
一只豆荚，把我当作一粒豌豆

我会和棉花温存，会与谷物叙旧
把渠水酿成美酒，与西边的云彩把盏
倾诉蜜蜂能听懂的言外之意
发蜻蜓会读的韵外之音
让七彩瓢虫停止前行与我交谈

2018-08-09

# 秋

城镇和村舍一晃而过
被火车劈开的宁静复归宁静
微凉中，尘世抱紧自己

草木由北及南次第凋零
拼图般的大地正转化为黑白版画
云端的大雁，声音渐趋于无

而落日面带微笑，像一枚果子
被天空迅速催熟
作为背景，稀疏的红云若有若无

秋之旅，一场盛大的恩典
出发到抵达，季节翻了个身
轻微的呻吟令大地战栗一下

2018-08-13

# 远 行

一路向西。西边的地平线
一点点靠近,又迅疾消失
磷火,在前方闪现


天比大地辽阔,村庄比天空低矮
草地上长出一朵大又圆的月亮
夜空像豆荚炸开,星星们纷纷跳出


芦苇丛在不远处挥手
鹰鹫在高空不疾不缓俯瞰
征尘不声不响低飞


羊群在天空埋头吃草
黑石头在河中静静饮水
阿衣古丽的裙子在葡萄架下旋转


一张地图上,无数次起程
红蓝铅笔已多次在驿站投宿


2018-08-15

# 冬日所想

收回舒展的欲望，尽可能暴露伤口
季节枯萎。白杨、国槐、榆树、柳树、苹果……
树们，等待太阳这根棉签，以光的碘伏消毒
等待天空洋洋洒洒地抛下雪的绷带，进行包扎

黄鹂鸣响翠柳，风会一遍遍抚摸树的腰身
树们捧出缩在体内的叶子，秀越来越浓密的美
天空清澈如洗，耳朵被鸟鸣溅湿
而野兽们低低的吼叫，正藏在某处

2018-08-15

# 秋天里

多数时候,我异常安静
如同秋日的南湖,偶尔有
三两只天鹅,在水面上划出清波

那些幽暗、柔和、被遗忘的话语
那些旧的、沧桑的、略带伤感的名字
那些淡的、迟疑的、若有所失的轻抚

惊喜和忧伤后,更多的是平静和安详
爱情与往事,已被岁月说服
至多,在文字中再死去活来一次

怀揣秋天的诸多心事
我只想从葡萄里掏出酒
窗外的蝉鸣,一声连着一声

2018-08-18

## 今晚，那些字词

一些人和事，穿着不同汉字的外衣
散发着鲜明的气味，像秋天不同枝丫上
结着不等、不一的果实
今晚是一件容器，装满词句
薄床板被挤得咯吱作响，月光被逼向尽头

沿途所见云朵，已被我当羊群牧养
那些薄雾，多已做了乡愁的衣裳
所有字词建立的秩序和梦境
充盈不同的温度、光亮和弧度
一些疼痛，溺亡另一些疼痛

今晚的风那么宽、那么舒缓
我趁好静下来，重拾散佚的山水
顺道修缮一下文字里的忧郁

2018-08-22

# 九月的植物

自西向东,风一路穿梭,吹得村镇四散
九月河西,植物沿海拔自上而下渐次变黄

一株向日葵,布满灰尘的脸上留下风的齿痕
瘦得不能再瘦的月亮,远望着一朵蒲公英

耐寒的小白菊提起白裙,向秋的深处走去
星光下,树叶进行最后的诵经

无数粒草籽落在河西走廊
一只野兔子跑过,试试泥土,尚松软

2018-09-01

# 在达生书院

可以饮茶,可以吟诵,可以把宋词折叠成一枚书签
杯中的茶叶,一叶野舟,时横时竖,不知所终
唐时的明月,携边关和驼韵远去,苍茫无涯

翻检词牌,令蝶恋花、念奴娇、水调歌头轮番把盏
气候适宜,美酒生香。不小心便醉了,一个趔趄
深处蛰伏的元剧和明清小说被我倚着

几生几世了,前朝的花朵仍浸在自己的芬芳中
任李清照、李白、白居易、苏轼等才子才女们
舞剑或走动,散尽千金,之后仰天大笑走出门去

今晚,可否借万年的月色,用上好的时光做纸
把雁鸣挂在天上,把蛙叫伸入水面,把虎啸放归山林
之后,缓缓地写下人间,如朝露一样在花瓣上流泪

2018-09-03

# 今 夜

终于，夜裹住了时间的脚步
亮色，拼命摇曳
留下最后一抹残破景象

暗夜，一把撑开的油纸伞
根根伞骨，都滴答着五千年的水珠
有秦时明月，汉时关
还有采过菊的南山，以及
横刀揽鬃过的汗血马
铜镜。断矢……

秋夜中的方块字
一只只萤火虫
用微弱的光，燃五千年的纵深

## 中秋望月

仍不见月。今晚的月儿,想必心事重重
漫天的乌云,生生地负了人间
那么多跪拜的月饼,充满伏惟的祈使句

向谁抱拳?用水果摆成楷体
一字一顿,表达对节日的祝愿
低垂眼眉的月,可曾想起陈年心事?

山河抽象。今晚的月儿其实从天空走失
到每家的窗下,用黑色的瞳仁盯着天宇

2018-09-24

# 十月将至

十月将至。世界摊开粗糙的手掌
那么多秋风堆积起来，把一河的水
吹得更黄。芦苇的叶子也唰啦啦地黄了
叶子同麻雀同时飞离枝干

风中。一些事物寂然，一些事物消失
麦粒遗弃在地，像走失的老人
明月虽悬，流水尚鸣，天与地越来越空
内心的落寞，只是其中一个部分

十月将至。草地上的人越来越少
我漫步其间，如星空落下的一个标点

2018-09-29

## 今夜想起李白

今夜风不把门,凭你仰天大笑出门去
任你念叨过的诗句:我辈岂是蓬蒿人
散落一地,如斑驳的影子

今夜月朗星稀,你我彼此打量一眼
可各自押上韵脚,在花间同置一壶酒
盛邀高天之上那轮半圆的月亮

天边亮着的星星,不是你散去的千金
敛翅的昏鸦,亦非大唐时的乐符
今晚,让吹拂了一千二百多年的秋风
抚摸一粒和另一粒微尘

2018-09-29

# 空 山

暮色里,只余一匹马驹,咀嚼或眺望
悠然从容的样子,让我疑心不远处
另有匹马儿喷着响鼻,甩尾驱赶蚊蝇

夕阳这名画家,寥寥几笔勾勒出这幅小品
那匹马驹儿红得过于耀眼
密密麻麻的鬃毛,费去大坨颜料

一匹马驹,让空山不空,又似乎
让空山更空

2018-10-09

## 认 可

落叶缤纷,很多事物已然走失
草籽将落,花朵徒有姿势
一只巨大的沙漏,不断地搬运沙粒

今夜辽阔,月光洗着窗棂
牛羊各自安睡,白杨孤独耸立
远处的梨花,一落再落

今夜,中年的体内锈迹日重
对一些事,我只好认可

2018-10-16

# 桥

河上的桥,像一对一对翅膀
贴着水面飞
河水转弯,桥的队形也转弯

河水是手,急迫地推开桥梁的大门
桥面上,一对男女对着黄昏私语
日头逐渐失去光彩,立在风中
桥身把秋天演绎得如此逼真

夜晚,天上的星打着灯笼结队出游
桥便怀想起五湖四海的方言
岸边,光秃的枝条上数只麻雀在守望
是否在等造这些美丽翅膀的人

2018-10-29

## 天空是一张纸

被涂抹成蓝色,就艳阳高悬
未涂匀的几块白色,成了云彩

被涂成黑色,便成了暗夜
留白的地方,就成了星星

被涂成灰色,就铅云密布
会有雨淋漓,有雪飘落

我也是天空吗?被谁涂抹
时而明亮,时而灰暗

2018-10-31

# 陶

这大概是世上最优美又易碎的生命
存于时间的箱底,演绎空旷的岁月中
一颗心的欢笑与哭泣

陶。圣坛上的器物
闪烁着智慧,和宗教一样的爱
每丝陶纹上的记事,泛着月光
和月光一样细腻、柔软
灵魂的翅膀,从陶罐口飞出

失去陶
将有很多美好被遗忘
音乐的手指,就不会
摸到快乐的琴键

## 远　眺

目光一寸寸地让升高的建筑湮没
远眺的心情和目光,折断在窗外
一些失去了方向的箭矢,从半空坠落

这座城市被我无数遍读过,但
所有的细节几乎都被遗忘
只记得古老时曾有一声喊:
"有鱼。这里有鱼!"

风从哪个方向吹来
是否有阳光朗照
对于表达,我已经很迟钝

# 惊 心

一棵树在斧下
轰然倒地

产房的呻吟和血泊中,一声
清亮的啼哭

春天的河流中,冰块解冻时
断裂的声音

理发师剪刀嚓嚓声中
银白的发根

# 夜 读

一间开了五千年的铁匠铺。锤打好的汉字
诵与减字木兰花有关的声韵。炉火上
还烧着形状各异的铁,词语通红

或长亭挥别,江边击节吟唱
或寒铁的月光下舞剑长啸
或凭栏相思,口中念念有词
吟唱的诗人须发飘飘,醉饮三千杯
执桃花扇的词人,轻咯出的血成另一朵桃花

今夜,我探起身子,遥望那间铁匠铺
倾听铁匠们的心跳,看他们书写过的朝代
看他们用墨淬火,词牌的火花溅得满地
炉火映红了我的脸庞,眼睛也颇为明亮

2018-11-07

# 今日立冬

今日立冬。西北风十列纵队中，有一匹马
凛冽的蹄音横贯河西走廊。连绵的祁连山
穿上厚厚的棉衣，云杉打战

一间房屋挨着另一间房屋，抱团取暖
一声羊哞连着另一声羊哞，呼唤一堆柴草
可以断定，大地开始开足马力运送寒冷

今日的云朵，像一块块补丁打满天空
期盼一场大雪，卸下天空所有的重
让所有的根须，在大雪呵护下发芽

2018-11-07

# 下雪天

1
天空也为没有好句子所恼
一张张纸被撕成碎屑
那个白呀,把河岸缝在了一起

2
藏起叶子的树,用枝干强撑天空
树上飞离的两只麻雀,哪里去搬救兵
真担心那些风,穿来穿去
反把事情弄糟

3
天用寒凉的手指,布下一朵
酥油花,人和鸟兽
是这朵花上的枝叶

4
已把体内的水分一滴滴挤出,等待磷
等待文字在纸上燃起篝火
温暖才会牵着我走出寒冷

5
下雪天，天空如没擦净的玻璃
为它明净如初
就让我成为一块抹布吧
我已准备好了迷失

2018-11-11

# 雪 后

1
已把自己扮好,只待你轻唤一声,它就
四蹄生风,羞涩地用唇碰触你的衣袖
三千里祁连山,好一匹白马,黑河是缰
云杉是鬃毛,沟壑是蹄

祁连山只有两种形态:起伏和绵延
雪也辨不出哪种更恣意,更无顾忌

2
月亮低眉细数,沙枣树上的小灯笼
一盏一盏,红红的笑容叮叮当当

场院上的草垛,一群奔突的白牦牛
哞声一片,却不见挪动半寸

3
一场雪铺就一张上好的宣纸
一幅巨大的水墨画

孤零零的那幢老房子,是落款

而我，似乎是无关紧要的闲笔

2018-11-13

卷一　刀锋和马匹

# 草　原

我要学会草原的辽远，它的柔软
风一吹，就像绸缎，一起一伏

我要学会骑马，学会用套马杆
套住烈性马匹，和央宗娇羞的目光

我要学会把牛奶打成酥油
用酥油、砖茶和盐熬煮奶茶

我要学会把家绑在牛背
一次次转场，一次次驻扎

我要学会把哈达，敬献给远方来客
也敬献给圣山和神湖

我要学会旋转经筒，念诵六字真言
把一块玛尼石放在一堆玛尼石上

我要学会祈祷，请求上苍让我放弃
做一只牛或羊的持久渴望

2018-11-13

## 瞎三弦

时而雪地上厮杀，时而秋风中相拥
一把三弦，一把二胡，在嘈杂的战场上奔突
在熙熙攘攘的街巷闪响

时而一阵雷鸣，时而一阵细雨
更多时候，像一柄钝器划着另一柄钝器
操凉州方言

口中乌云升起，遮蔽了月亮和星星
只留声音和悬念，三弦和二胡
愈加靠近祖先和神灵

当一根木棍在逼仄的街道上逾走逾远
被藏起的明月更明亮地挂在天上
星子闪耀着动人的光

2018-11-15

# 一匹马

一匹马，孤零零地，咀嚼夕阳
风像千万匹马，贴着它旁边的青草
呼啸，而过

一匹马，独自啃食，偌大的草场
雁鸣声下，偶会忆及
马鞭，和征程

一匹马，体内驻满澎湃的血液
蹄铁虽失，时常一跃而起
从黄昏，到黎明

2018-11-15

# 知　道

知道大雪会盖满我的肩头。知道
脚步因一生的背负会变得臃肿
飞鸟的弧线会隐藏于天空
事物变得迟钝。知道

再也不轻易地用词汇表达
在火炉旁，安置好自己
看日光的薄羽起起落落

知道，这一切真实得如同呼吸
这一切都自然而然
且恰如其分

## 观一位画家写生

兰州植物园。一位画家用鲜艳的油彩
把水、桥和苇叶种到画布上,用画刀
把多余的风景刮去,又用厚重的色彩
堆砌了一块石头,和黝黑的树干
对线条和色块进行吊装和焊接
一座混凝土桥梁雏形初具
一栋高楼和一栋高楼的倒影交映
银杏树的叶子金黄得恰到好处
再一笔,水面的落叶便现出肌理和质地

一笔一刀的细节
唤醒了我迟钝的视觉
这个下午,秋意和一幅画
与我的心情严丝合缝

2018-11-17

# 许多疾病

多么旷远的一块地啊，地里长满了
耳鼻喉眼各式各样的庄稼，也丛生了
颈椎病、高血压、咽炎等杂草

我试图拔掉那些杂草
扔掉头顶上一只山羊的重量
让身体的骨头更像骨头

一直想扎个稻草人常驻身体
抵死反抗来路不明的侵袭
我把带毒的药片，手雷一样扔过去

身体诸多器官同喊一个名字：疼
疼源于多种疾病，还有诗歌
他们各持一把刀，架在我的颈上

2018-11-23

# 所 想

早被移植成城里的一株风景
山坡上的蘑菇，断裂的河流
仍在我的眉睫，像千百只蝴蝶

草木已深，流水向东
记忆再美，终究是一束干花
我该讲究平仄和韵脚，续下阕

2018-11-24

## 观 雪

山水一体,天地一色。一点梅
像一枚红唇,欲说还休

太阳这枝银毫下的水墨,笔划
瘦得不能再瘦。一枚凝霜的枯叶
掉落。风和屋檐,替我哭

2018-11-24

## 秋天的树

一棵树黄,另一棵也跟着黄
道路两侧,胡杨、银杏,还有榆树
排在一起,像两列火炬

2018-11-24

据守

# 即 景

被寒流覆盖。雁滩乡的雾,与嘈杂
一同弥漫。黄河的水,内敛许多
雪结成疤痕,因眉间冷,视线黯然

公园内不锈钢天鹅闲谈,阳光披挂在身
一切浸在雾中,一幅色彩偏冷的水彩
枯荷旧枝,檐角暖日……

麻雀陪树上残存的叶片,声音柔软
湖面保持与天空相同的颜色
花朵和果实已遣散

雾,很快散了。清冽的风吹着
似与桥上的吊索拔河

2018-11-25

# 雪：冬天的叙述

从一场雪开始
雪注入河流
难以察觉。注入我的胸口，慢慢消融
我哈一口气
湖水也跟着哈一口气
大地隐秘

小溪载着雪花流入大河
河床不语，略窄几寸

大地丰腴，山丘圆润
冬天的叙述中
一个孩子出生，一位母亲乳房变大
冬风如毫
先描梅花，再描桃花
雪涌如浪
每座村庄都如一叶扁舟

倾听冬天的叙述，细腻、无声
我和大地的脸上，新雪叠着旧雪
树枝折断，冰层断裂

雪向下压
再次示意安静

2018-11-25

卷一　刀锋和马匹

## 时 光

与秋天未及告别，就踩进了
冬的门槛。时光，如此决绝

冬寒已厉。阴冷是失手跌落的瓷
落叶有多少，碎片就有多少
鲜花都熄了，我必须一盏盏点燃
炉火。温暖黄昏与黎明
温热一些名字，一壶酒

冬天到了，我伏在夜晚的案几上
周密地策划，用指节的响与天空交换
把另一群花朵，布置在窗外

2018-11-26

## 中年的冬天

我轻轻吐出两个音节：冬天
人间唰地就白了
体内，跑出一匹白马
驮着臃肿、松散，及各种顽疾
稍有风吹草动，马儿就露出不安
就用前蹄刨地

中年的冬天，越来越像冬天
旧色走失，空寂缭绕成雾
灯盏支起黑夜，不断地
在信笺上喊冷。倒塌的麦草垛
枯萎般安静，只有
跑遍人间的风能读懂

不用否认，冬天是一把利刃
直抵中年的内心。只好
多找一些词汇，扔进炉子取暖

2018-12-02

# 感 怀

五泉山顶的塔尖，每日伸长颈项
看我一天所做的俗事。它应该
也学会了用键盘在电脑上写字

有时我会向山顶望去，想象
山上的信徒争烧第一炉香
也是一天的俗事

某种意义上讲，在尘世
我们都是孤单的存在。不仅
真实不虚，且有大风吹拂

2018-12-03

# 四行五首

### 此 情

十二月。天上应是秋天,碾场堆满雪花
那白花花的米啊,随时会
倒入大地的粮仓。梅花姑娘
在粮仓上用小花朵做了印记

### 落 日

火车驶进落日,被一张大口吞噬
白杨和路边的石头,是吐出的骨头
吞了铁的夕阳潜艇一样下沉。从黑夜
冒出头,重量如旧

### 冬 雪

叙述常被忽略
脸颊经常被打湿
西伯利亚寒风令骨头隐痛
掏空的胸口,使河床变宽

## 绿 植

愿意像月亮一样被捧着,把根扎在
阳台上,过普通人家日子
更愿意到河边散步,让路人惊诧
用快门,留住淡香

## 夜 晚

我铺开自己,与夜晚一样宽大。有时
会蜷缩成屋角的一团废纸。有时
会恣意成一条河。更多时
我只是守着一盏贫困而奢华的灯

2018-12-07

# 杯 中

闲舟，独泊。水雾空蒙
一幅水墨，孤单

人间灯火，令谁悸动
玻璃的杯盏，静待春风

嗓音清澈，有人唤我
存昨天的余温

片片竹子残叶
向谁揖别

2018-12-11

# 麻　雀

细密的叫声，是针脚
试图缝补被弄碎的秩序

没有野心，投在地上的身影
和一片普通的树叶等大

与世界没有距离，也无法选择
唯一的路，带着河流和大地飞

是被树们踢来踢去的石头
比起人，活得并不轻松

2018-12-14

# 卷二　　细微的春天

虚构的场景
多年来一直待在原地
又好像跟着我
走南闯北

# 大雪节气中的南湖

是众多水域中的一个
用面积或形状去表达

是半串冰糖葫芦
或一块银锭
是鸽哨掠过时
丢下的某个音符

半湖薄冰半湖凉泪
不说花落不说春风

2018-01-03

# 九排松

一只鹰，弹响九只琴键
八根手指不疾不缓
那么多针叶松拍响巴掌
都想做九排松的秘密情人

常从鸟翅中感知一些惊恐
常在暴雪中趔趔趄趄
九排松，即使心中装着日月
弱小时，远不如一朵花

和你打过一个照面，九排松
我确认，你是康乐草原的九根肋骨
断了哪根，都不止是痛

2018-01-07

# 康乐草原

甘州以西，甘州以南。高原风抚摸
两块绸缎：草原。原始松林
褐色的马，白色的马，红色的马
蹄韵与旷野野合

风吹瘦了康乐草原的草棵
触到潮湿和疏松，五月
惊喜地让每一根草都怀上
发青的隐秘

甘州以西，甘州以南
一声裕固长调，马匹们
纷纷抬起头来

2018-01-07

## 白云观

是否有钟声？如有，定然会惊飞白鸽的翅膀
道长理应单手致礼，念念有词
其间仙风道骨的侧柏松树应遍地俱是
或有爬行的小溪，抑或卷涌的山泉？

白云观，我未曾走进的一座道观

门前的国槐夏天绿冬天黄，挂着保护木牌
被一座香炉抑或假山遮掩？虽无法窥测
前殿、后殿、配殿、钟楼、鼓楼、戏楼、厢房、
香炉、蒲团、功德箱……大约一应俱全

白云观，想走进去看看的一座道观

坐落在闹市中心，亚欧商厦附近
门前的黄河，流着一川黏稠铜液
一座立交桥与之擦肩而过，白云观
从桥面能看到飞檐高翘，琉璃瓦碧翠

四周，挤满了起名算卦的一间间铺面

2018-01-12

# 雁　滩

从诗经里走出来的？
唇间律动出那两个音节
就有一幅以雁滩命名的画——

旷远。湿润。水草丰美
无数只大雁云集于此
自由嬉戏，自在追逐

也会亮翅云端，小小的声带
以清脆和悠扬的鸣叫，震颤
一颗颗易感的心脏
有路过的恋人，用手轻点：
一只、两只、三只……

而这都是玄想！上班路上
头戴安全帽的民工鱼贯而行
电动车。助力车。一辆，一辆

其实，他们正是大雁呢！

2018-01-15

# 团结峰

纯净的哈拉湖水,照见一座山
安静的影子。照见一条哈达
满含敬意

一队藏羚
把哈拉湖擦得翡翠,照见
浪花蓝色的浅唱,还有四个肉身
清洗尘世不均匀的呼吸

日落时。团结峰
洇出娇羞红晕,我抱着她
情人一样战栗

2018-01-16

## 哈拉湖

风挥动湖水之上云的翅膀，如一匹匹风马
所有的视网膜，空得如同哈拉湖水

团结峰长跪在湖边，手捧哈达，默诵一道神谕
拖一袭黄尘征袍，一队藏羚，另一队藏羚
在哈拉湖畔剪着一个图腾，抑或传说

把双脚泡在哈拉湖水中，冰冷
隐入骨骼的痛，如同一段隐秘爱情
冷艳。让人心碎

2018-01-16

# 咖啡屋

光柔软的手,抚摸渐起的箫声
一袭青衣,长发蓬松


或有蛙语、鸟鸣、花香
或有风暴、灾难、雷闪
一副深褐色面孔


六角形的雪花会悄然而至
圆形的雨滴会断了线串
前生和今世,把灵魂摊开


两个时辰,一杯心事
悬在杯面的那颗心
吹弹可破


2018-01-18

# 川藏线随拍

牦牛奔跑,阳光紧跟着
格桑花把天空撩拨得蓝上加蓝

转经筒摇出一河碧玉
雪山把一座帐篷照成黑炭

经幡把风留在身边
一只鹰翅兀自走过山岗

川藏大地多喝了几桶青稞散酒
几万棵草搀扶着他一路踉跄

一边是绿色的火车,一边是黑色的牦牛
扎西和卓玛,向布达拉绽放两朵雪莲

2018-01-21

## 俄博以东

俄博以东，草挨着草，牛挤着牛
云朵牵着羊只，从东向西飘

惊叫是一块块石头，被扔进俄博以东
几只头大的藏獒，警觉地望着过客

没看到头梳十二根辫子的卓玛
也没看到腰佩藏刀的才让

或有帐篷在草原更深处扎根
或有牛粪火在帐篷中盛开

俄博以东，一片草原，恍若
虚构的场景，多年来一直待在原地
又好像跟着我，走南闯北

2018-02-08

# 被废弃的哈斯腾

被废弃的哈斯腾，与天地融为一体
可用之物荡然无存，唯有阳光
依旧巨大，无数风的手正合力搬动

仔细寻找，应可找到铁的锈迹
废弃的炉膛理应有炭灰
哈斯腾，今夜我听不到你的鼾声

以哈斯腾乡为背景，巴哈提说给他拍一张
"我刚上班就在这儿的邮电所！"
快门下除了苍凉，还有慨叹

风在所剩不高的断墙穿梭，用不了几年
就不知哈斯腾从哪里来，又去哪里
我心一颤，想到生养我的钱寨

2018-02-10

## 什川梨花

什川梨花。艳如白雪
云朵般堆积在黄河北岸

是住在词里的清色，任四月
把前尘开了又开。什川梨树
不说桃花灼灼，不说海棠依旧
从皴裂的身体，用干瘦的枝条
把内心的白吐出，白中带血

什川梨花，每次看你，我总是小心翼翼
生怕粗鲁的呼吸，会惊花瓣一地

2018-02-11

# 与呼伦贝尔语

让我成为其中的一朵,呼伦贝尔
有多少朵白云,就有多少座蒙古包
让我种下万亩阳光,绽放出
上千种花儿,上万株草
让我成为马头琴和蒙古长调中的一个音符
随河水流淌,随草原起伏

我看见,风掠过去,草们持久摇曳
手握鞭杆的牧人,影子
被阳光搬来搬去。呼伦贝尔
一切如此丰盈,如栗色马的乳头
十二只羊的哞叫,足让呼伦贝尔
脚步迷乱,酩酊大醉
八匹马的嘶鸣,涂在宣纸上
会有草原的秉性与质感

呼伦贝尔,允我今夜驻足
静待繁星雪片一样坠落

2018-02-13

## 与马蹄寺有关的马

……从云的裂缝处,嘶啸而至
着地的前蹄,在祁连山脉印下
嘶鸣。长鬃。传说

应是山丹神马?宽额。躯干粗壮
后肢吻合刀子的弧度
微顿或疾走,悲伤或欢愉
都会放松和收紧寺院的风声
(酥油灯的光芒因此时有飘忽?)

即使是神马,也应缺齿多年。对此
藏传佛教的经卷许有一页专门记述
格萨尔王传中的露水该夜夜让它湿唇

2018-03-03

# 雁滩公园的布谷鸟声

似乎是积蓄了一个冬天的犹豫
表达,还是沉默,块垒已久
终于决绝:与其抵御不了冬天的
寒意,不如让春天的露水打湿

清丽的声音吐出,引杏花桃花
将开未开。大地的肋骨由黄变绿
时间的快马,让布谷鸟猛抽一鞭

雁滩公园的布谷鸟,一只,还是两只
四声一度,左右叫声的翅膀
有布谷鸟的歌声,这个春天才算春天

2018-03-11

## 望见祁连

山顶的雪沉默，牛哞就传得格外远
地上的草沉默，草原就格外辽阔
羊群沉默，云朵的身手便格外敏捷

怀抱大风，勒马凝望
看一汪一汪的水，如何倒映神山
倒映一张红黑的脸膛

不见单于，不见昭君。望祁连者
兴许就是匈奴的子孙
风的指尖抚摸一些小黄花
也不知叫不叫格桑

2018-03-21

# 转场的哈萨克姑娘

和阿尔泰草原一样安静的哈萨克姑娘
疆北与我迎面相遇。我不知道
她要走向何方,但知道
更为温暖的草场在等着她

帐篷在牛背,桌凳在驼背,阳光在羊背
几副碗筷一个家,一对银镯铮亮
阿妈在马背上摇摆
阿爸在后面赶着落伍的羊儿
一只牧羊犬,忽左忽右

转场的哈萨克姑娘,微尘中缓行
看一眼远处的雪山,看一眼迁徙的队伍
哈萨克姑娘,手中的鞭子
扬起,又落下

听不懂我的语言,和她用手打着哑语
她用牧鞭指着另一匹马儿,允我并骑一程
听懂了《在那遥远的地方》
哈萨克姑娘的眉间腾起了红云

掩嘴而笑的哈萨克姑娘
挥鞭说再见的哈萨克姑娘

2018-03-25

据
守

# 与一头野牛对视

祁连山海拔超五千米处，四野安静
阳光灼眼。灵魂和身体
拍打着焦灼不安的翅膀

毫无征兆。大群黑色的野牛呼啸而来
生与死的悬念
取决于野牛群疾驰的方向

其时，山顶抛下飞雪，似那群
黑野牛的仪仗
一头离群的野牛，体形庞大，披雪而行
几十米开外，刻意望我一眼
面对它的眼神，我慌乱得没法按下快门

在祁连山海拔五千多米处，与一头野牛对视
我的生命未像秋季的向日葵停止转动
天空自此更蓝，花儿自此更香

2018-03-31

# 在唐汪

穿杏花裙,沿洮河行走,不苍茫也不迟疑
清明前的唐汪,埋伏了十面花香
单待游人闯进伏击圈,把脸面涂成花

肢干如铁青褐,枝丫低腰拾影
嫩芽上新花如雪,齐唱共鸣
一万个声部,用一个节律开合

那朵杏花与旁边的杏花低语着什么
是不是看中了树下哪家公子
为了美人啊,想必可以不要江山

在唐汪农家的下午
一只布谷鸟反复纠正我们的发音
姑姑——等;姑姑——等

2018-04-02

# 马蹄寺

一群鸟,把马莲花鸣叫得更为青翠
裕固长调,把藏传经文推得更高更远

每一朵白云,都是佛的衣襟
大小菩萨,都怀揣一颗博大的心

马驹儿羊羔子经筒般飞旋
藏汉裕固族阿妈轻声给佛嘱告

马蹄寺,除了或坐或立或卧的佛
我还记得一个真人,写小说的祁翠花

2018-04-07

# 郎木寺大街

忘情的格桑花开在山腰
未长大的白龙江穿镇而过
煨桑炉里的酥油和松柏枝舞着白烟
写满箴言和经文的风马,铺满山坡

被阳光吻过的绿地,经风一吹
游客的心开始有点乱
过滤了人间俗事的几领袈裟,色泽暗红
比郎木寺和格尔底寺的墙体还要深

出售银器的扎西把银锭擦得更亮
卖唐卡的才让,向游客推销佛像
开比萨店的老外,时而藏语,时而汉语
就像郎木寺,忽而在甘肃,忽而在四川

每年正月十三,郎木寺的佛都要晒晒太阳
看看宽阔的尘世。面对郎木寺大街,佛啊
不知喜多,还是忧多

2018-04-08

# 在二至哈拉

祁连山顶，散漫的羊群不见，盘旋的鹰只亦不见
远处更远处山顶的白雪，为何人披着缟素

云朵勾画山色，哗哗的风声流水一样淌着
夕阳是一方印章，钤在这八千里的长卷

春风总不拂面，雪山倚着雪山终其一生
秋日里萌动的那丝春心，被冰凉如铁的夜追杀

在二至哈拉，我拼尽力气派出声音信使
皆被莽莽群山收编，有去无回。也罢

二只哈拉？用手指认旱獭的牧人呢？两只旱獭
也不见踪影。只看到一黑一灰的两座山头

2018-04-09

# 黄河石

河流的丰枯已定格，奔腾的姿势
与几株白杨呼应，树上留有刀斧的疤痕

一只兔子从草丛滑过，草行将干枯
一只岩羊睁圆惊恐的眼，身后一截悬崖

有风吹芦苇岸，撩起前世的怅惘
有花打着骨朵，摇响民谣的铃铛

数只鸟使天空变窄，推搡得雪花纷纷落下
一行孤雁飞断天涯，引多少仰望和怀想

那匹马儿瘦到只剩骨头，依然是马
那轮月儿亏成一弯镰刀，仍然是月

每块石头，都有数个江湖
里面有佛，有兽

2018-04-14

# 千年走廊

1

容颜凝滞在隋唐，敦煌壁画
一动不动，壁画上的鸟兽不动
麇集的飞天被使了定身术，也不动

明汉的城垛无言，元时的白塔无言
一匹匹驮过丝绸的马蹄印无言
锈蚀了的古剑花纹亦无言

2

乌鞘岭的大货车撕裂空气，腾云驾雾
让我分不清云朵的羊只，飘忽不定
扁都口的庄稼，佛的衣襟一样舞动

一列火车，在发烫的钢轨上一声嘶吼
一张神弩，射出的箭矢直冲云天响声如雷
一群花儿，醉成狂乱的夏天，如八万只琴弹奏

2018-04-17

## 火焰山

飞鸟在喊热，骆驼在喊热
立在山下的温度计，也在喊

趔着飞的乌鸦，像祈雨的巫师
咒言尚未吐出，音色早已破损

云朵端着一瓢水，尚未倒出
已蒸发在另一朵云里

一块烧红的马蹄铁，更加弯曲
一束淬火的阳光，火花四溅

终于，有谁把火焰山牵进暮色
它留下的足迹，依然淌着热汗

2018-04-20

# 远　游

如若我是古人，定会在驿站雪白的墙壁
写下绝句。风很急，湍急的河流已孕育
一次一次的胎动，如温开的一壶酒
山水渐成水墨。任牛羊不见，大地荒凉

空前，绝后。异乡的景致被苍茫拥堵
看到野驼和羊群，如重逢的亲人
天上的时钟，被阴云搬走了。今夜
会在哪座木屋摆上香案烛火

我必须节约使用怀念这样的词汇
趁还能记得起少年的想法
邀请月色、流云和灯盏做伴
一次，再次，去改变我的口音

路边的芨芨草开满穗子，面带红晕
不用说，我就懂了。羞涩的样子
省却了我一大段告白

2018-04-23

## 夜宿白哈巴村

秋阳无拦。黄昏罩着边地白哈巴村
白哈巴村像一方俄罗斯大姐的头巾
挂在一条公路上,迎风扭动

狗吠的声音,烧奶茶的声音
胡杨树金灿灿的声音
白哈巴是一张安静的牛皮纸,搓或揉
都哗哗作响

倒完奶茶,俄罗斯大姐走出毡篷
清点完房屋和胡杨,夕阳也隐去
只有村中的那条小河,赤身奔跑
絮叨了很多,言犹未尽

2018-05-30

## 在敦煌魔鬼城看月亮

云是一匹飞奔的马,月是马眉间的水迹
马嘶鸣着。在苍穹开辟一条隧道
星与星间,目光说渡便渡了

魔鬼城有汹涌的浪潮,有船,也有石礁
心中有舵,任风急浪高。所有山水
都是江湖。尘世繁华,只是一盏酒的清香

夜渐微凉。风的嗓音柔和细嫩
抱紧我的身子。流星不断扑打我的窗棂
作为邻居,蜥蜴和针类植物安然入睡

十月。在敦煌魔鬼城。月亮成行地走来
西戈壁上,写满了一行行意境和修辞
让许多温暖和怀念,跑来跑去

今晚,我想念的那轮月亮去了哪里
会照亮哪颗干净的词?

2018-06-09

# 兰　州

### 黄河鲤鱼

老者叹口气,仿佛咬钩的鱼
刚挣脱,游向了久远

其实,鱼并没游远
黄河就是一尾大鱼,风过处
河漂满了鳞

还有一尾尾小鱼
都在兰州窗格里游

### 曹家巷

一根令人不安的细线,在地图上
一头系着酒泉路,另一头
系着武都路

一辆接一辆自行车的车辙
被高楼的影子,迅速淹没
只留一缕隐秘和诡异

——要吗，诚心了可以便宜
曹家巷口，用压低的嗓音喊我
那根细线，时常会绊我一下

## 兰　州

庞大。孱弱。这座城市
正在置放无数个支架
麻醉药剂从洒水车上不断地注入
城市，依旧呻吟

黄河上大桥镂空的栏杆中
太阳与月亮，色泽不同的一双眼睛
一只欲言又止，一只满含忧郁

而我，是置放在五泉与白塔
两座乳峰间的一颗心脏
非常非常小心地跳动

# 东 湾

黄河在靖远县城以北二十公里拐了一个弯
这个湾上生活着东湾人

我的人生经过许多地名
在东湾也拐过一个大弯

东湾有许多塑料大棚,呵护着
一株株植物,散发着墨绿

而我人生的岸边,没有一座大棚
那朵玫瑰的艳丽,多年前悄然凋谢

写着东湾地名的牌子,一枚巨大的箭矢
洞穿我的心脏,其实
洞穿的是多年前的一段恩怨

# 登扁都口

站在半山腰上,我双手叉腰
仿佛自己是一位身经百战的将军
随手一指,伴我攀爬的云朵便止了脚步

一阵微风吹来一千五百年的呼吸
隋炀帝在此大会西域诸国
二十七国来使,打躬,递交国书
远处,更远处的雪,同今天一样白

那么多安静和沸腾,被阳光
冲洗一净。只有一树一树的油菜花
去年开了,今年还开

2018-06-12

# 油菜花地

这般轻,这般细,油菜花开的声音
如此安静。她弯腰拣拾微风的时候
担心她的腰身,忍不住上前要扶

不在意游客的嘈杂与喧哗,不在意蜜蜂
来与不来,油菜花舒缓地开着
每朵花蕊,都藏有一道金色的闪电

夕阳西下,油菜花褪去银饰,开始谈论
前生与后世,谈论金戈与铁马
天色未亮,又把万千种想法折弯,弹直

秋天将至。高原的油菜花不动声色
十万株清香,百万种金黄
等你和我,重新开始着墨

2018-06-14

# 张掖丹霞

所有的铁锁都已打开,所有的墙壁都粉刷一新
所有的商铺,都开门揖客。张掖丹霞
旧朝代的甘州写真,在西戈壁办一次展览

落日一灯孤悬。丹霞呼喊一样开唱
歌已老去,词未破损。曲调顺着
山丘的曲线攀缘而上,惊醒了天上的星星

是一朵色彩缤纷的花。在我没来之前
她已盛开。在我走后,她仍然盛开
四季如此辽阔,暮色如此浩荡
凝视久了,张掖丹霞真成了一朵花

有人形容她是宫殿,有人说她就是草垛
而我说她是匹快马,脚踩唐诗和宋词
欢愉和悲伤,都如此细腻,如此浩瀚

今晚,月亮底下看你的人群中算我一个
而此时的丹霞,像盆燃得正旺的炭火
被谁端进了西戈壁,为我们取暖

2018-06-23

## 沿兰青线至河西走廊

箭矢一样,一次次,射进河西走廊
群山不断倒退,隧道迎面撞来

一顶顶毡篷是一朵朵蘑菇,沿线疯长
一条条围栏发卡一样,戴在草原
抵近一座山丘,就是靠近一只乳房

兰青线,很多事物让我提及
油菜花、羊群、牛粪垛、牧羊犬、鹰只……
以及匍匐在地却昂着头的马莲

沿兰青线,窗外的油画一帧接一帧
劳作的人们,偶尔也望一眼火车
我多想停下来,背着风点上一支烟卷

2018-06-26

# 胡麻花开

豌豆粒大小,淡蓝色的火焰
一簇簇,被黄土地捧在掌心

除了喜悦和欢乐,内心再无所藏
就自在地开吧,任花朵压低天空

花蕊是一道闪电,让我迷醉。爱
在蝉翼般纤薄的花瓣中跑来跑去

作物中总是走得最急,留下空白
无法用一个准确的词填补

风持续吹,胡麻花细碎的脚步
一层叠着一层,慢慢地靠向我的心脏

2018-07-08

## 挖虫草的人

五月。山顶的雪还坚硬
高原上飞翔的鹰只眼神也很坚硬
唯有虫草从草甸上钻出来
令挖虫草者的眼神,变得柔软

挖虫草者专注一小块草地,一蓬草棵
眼睛里火花被擦燃时,一根
非虫非草的东西,被锄头缓缓挖起
更多时候,他们逡巡在雪山背阴处
从一片山坡,向另外一片山坡攀爬
偶尔抬起头,看到一头牦牛的角上
挂着安静、陡峭的雪山

一只鹰飞向雪山,那不是最后的一只
乘着黄昏的车辇,又一批挖虫草者
来到海拔4000米以上的垭口
满山坡的草儿,又多了几根
一场薄雪降落在高原,高原风
可以放声大哭,而挖虫草者们
不哭

风吹草地，草一棵扶着另一棵
他们中近乎无的是虫草
更多的，只是草

2018-07-09

卷二　细微的春天

# 秋游阿尔泰

左边是喀纳斯的波光,右边是白哈巴的秀色
中间是一只尾巴肥硕的阿尔泰羊

前边西伯利亚松抚摸云端,后边白桦擦拭阳光
中间转场的是哈萨克姑娘

南飞的是大雁,缓缓北去的是额尔齐斯河
北疆是一幅墨迹未干的写意

远处毡房如雨后蘑菇,近处一对旱獭东张西望
不远不近处是几匹马儿开合的鼻孔

阿勒泰昨天盛开夏天的花朵,明天铺满严冬的雪花
而今天的每一次转身,都会和秋天撞个满怀

2018-07-19

# 油菜花

油菜花知道，每个生命都有一次离开
但，并不因此绝望
任工蜂和蝴蝶，在其间穿来穿去

花粉被采或不采，采多采少
那是蜜蜂们的事情。油菜花
不狂奔，也不沮丧，该怎样开还怎样开

淡定而恬静。油菜花
吐蕊，坠落
似一阵风吹，如一朵云散

2018-07-20

## 在河西看到大片罂粟花

淡妆。红，或白，更多的是粉
神话，抑或传说。在西部偏西
十万个养在闺中的少女

趁秋风还没有从河那边游过来
在露珠中观照容颜，束束腰身
趁还没有褪去颜色，轻盈地活着

轻声细语，生怕招惹了风
迷乱的风会把秘密四处传播
罂粟纤薄的嘴唇是说不清的

知道终有一把镰刀，会磨亮贪婪的刃子
好在也曾舞过春风，收获过华美
罂粟的眼神里，看不到哀伤

2018-07-24

# 藏 地

一座乳房一样的雪峰
一顶冒着青烟的毡篷
一只不高不低的鹰鹫
一群低头啃草的牛羊
一片叫纳木措的湖水
一座叫布达拉的宫殿
一路等身的长头
一段哥萨尔王的传说
一卷柔软而粗糙的羊皮书
一轮不疾不缓的转经筒
一团铺满西天的火烧云
一朵噙着露珠的格桑
一面迎风飘展的旌幡
一张被风吹黑了的面孔
一粒被炒熟的青稞
一碗冒着热气的酥油茶
一位叫仓央嘉措的诗人
一个叫卓玛的姑娘

2018-07-27

# 花　湖

　　平铺在郎木寺与若尔盖之间
　　高原风翘着兰花指
　　从八个方向引线

　　任那朵不知名的野花红着
　　让一束草叶绿着
　　允许那朵白云低些、再低些

　　要在月亮灯盏挂起之前
　　把这块毯子绣好，铺在今晚的洞房

　　2018-08-06

## 敦煌的飞天和菩萨

古道苍茫而孤寂。砂岩上的壁画
佛龛中泥塑的菩萨
举手一朵莲花,投足一座烛台
她们不是古道上一节节散落的骨头
亦非一张张泥制表情。而是
游人秘不可测的圣境

两匹簇新的马,从讲解员的口中出发
街道开始复原,一切绘声绘色
舞女摆好了姿势,开始起舞
菩萨清好了嗓音,将要讲经

恍惚间,壁画上的人物
佛龛中的塑像,此刻
正站在游人中间,与大家一起
向飞天和菩萨膜拜

2018-08-07

## 河西古道

总能在古道拣到一块马蹄铁
总能看到走廊的云朵暗含忧伤

一千年了,一墩芨芨草仍在那里眺望
驼群眼神里还飘着几朵剑光

奔走的兔子,像极了逃遁的匈奴士卒
飞翔的鹰,一枝未锁定目标的箭矢

走廊的壁画已经剥蚀,但依然是彩色的
奔突已久的祁连山,梦境开始平和

高铁列车是裁缝,给古道做着新装
古道上的茄子辣椒迎风见长

一支骨笛,扫净一千公里的庭院
等待王昌龄再写一首七言绝句

2018-08-17

# 两山之间

祁连山与合黎山之间，靠云彩传话
约好七月，齐齐地穿戴油菜花的衣装
八月，所有麦子排比句般刷啦啦地黄

山的发际被十月抬高，一派萧然。为迎接我
悠长的走廊，捧出所有杨树的叶子
风一举旗，金黄的巴掌便啪啪响个不停

两山之间。攀比着欲望，也驻留许多事物
比如羊只，比如野兔，比如蝴蝶，比如狼毒花
注视久了，我也想做其中的一只，或者一朵

2018-08-27

## 夜羁祁连山

祁连山北麓，一面四野茫茫的山坡
没有任何一棵植物，只有天空和大地
只有又黑又大的石头，牦牛一样蜂拥
挡住了前行，也挡住了后退
车灯所及处，山丘像一座土冢

五人，两车。海拔五千多米的地界
会否像日间所见，平静死去的那头牦牛
成为鹰鹫们新鲜的食粮？
那夜最敏感的词汇：海拔、方向
那夜有人为我减去二千米的海拔，似乎
谎言可以使稀薄的空气变浓。似乎
每降一米，我的恐惧便可减少一分

是夜，套在睡袋中的身体弱小
是夜，天空陌生，空气也陌生
是夜，如果要给世界留下遗言
我会写下：远方的亲人啊，你们就像
天上的一颗颗星星，明亮无比

2018-09-02

# 山丹马场

草儿铺展,一手牵天空,一手牵草原
十万劲风,卖力地舞动一匹绿缎子
太阳这枚图钉,把山丹马场这张画摁牢

天空噙泪,数朵云轮番擦拭,仍抱紧牛粪
日光如刀,把马场的臀部雕得浑圆
浅淡的星光,为青稞盖一层薄霜

高铁掠过,双耳充盈了归家的蹄音
狼毒花认识我,半垛子草料认识我
马和羊与草地是亲戚,我和草地也是亲戚

2018-09-04

## 在张掖湿地

从宋词中划出的一叶小舟
栖在湖面上，湿漉漉的
像国画中漫不经心的一笔

水的蓝是从天空萃取的颜色
风是从前世缝隙中遗下的风
万千株芦苇，对着晴空绽放歌喉

湿地深处，应安居无数鸟窝
才能孵出那么多水鸟
和无数颗赞美的汉字

2018-09-05

# 在张掖听诵念宝卷

整个西域,都在宝卷发黄的书页中翻动
在念卷人的口唇中开合
兵器和更早的生活,出入于经卷
星云总是惨淡,将士四周的方向总是未知
游弋在戎地的月亮,令人不安

乐声是谜。当牛皮战鼓响起
将士手执弯刀,反复出击,砍断风声
将敌人的头颅和战报,快马送往长安
至深夜,将士身披月光,遥望故里
阵风不失时机把头盔上的红缨吹乱

在张掖听诵念宝卷,在不同朝代走动
每翻一页宝卷,就跨过一个国度
菩萨手掌宽大,总能帮故人找回
走失在山中的小寺,和散落的牛羊
让落日和杀戮,情愿在琴弦上死去

2018-09-06

# 孤 寺

蹲踞在山丘,像一只受伤的野物
灯光和香火是两只眼睛,时开时合
有几声木鱼低声祷告

无苍松,无翠柏,陈年月光下
寺在一棵冰草上晃动
比山下的尘世,多几分清冷

投去一瞥,孤寺
风吹得依旧,不紧不慢

2018-09-07

## 俄博，俄博

云朵飞往民乐，还是会飞往祁连
站在三岔路口的俄博，像一个客栈

四周乱峰，一具具蹲伏的怪兽
每块石头，仿佛一位赶路的过客

牛羊散落，牛粪垛齐整，几个藏人
不骑马匹，不骑牦牛，摩托车草原上飞奔

牛羊很少抬头，耐心咀嚼
抬头，猛地发现陌生的游人和镜头

2018-09-28

## 路过敦煌

晨曦中,远处的棉花地等待
等待一只只手,婴儿一样
一朵朵抱起

无际的棉花地,隐入天际
像一声悠长的民歌长调
从地平线一直咏到雪线

10月4日,敦煌的西大街
顶着白头巾的众姐妹
薄秋的月色中酷似一朵朵棉花

# 挂光缆的民工

川流不息的人群在脚下涌动
车窗上的反光,喇叭声也在脚下
缘着一根粗黑的皮线和钢丝
像一只蜘蛛,从这一头爬向另一头
又不像蜘蛛,缓慢,甚而笨拙
双手交错,一寸寸,向前

更像一片枯叶,在一根黑枯的枝头
摇曳。风大的时候,会从行人口中
惊出一声,又一声的叹
也有人指着他,让孩子看

他不是蜘蛛,也不是树叶
但好像要网住什么
也好像要绽出一片春色

## 脚　扣

伸向天空的弧度，突兀
突兀得有些生硬，倔强

一部关于攀岩者的动画片
正在城市上空播演

更像一把刀啊
换个部位再砍，也砍不断
那棵粗大的植物

天空缓缓降下
天空缓缓升高

只是这一次，着实有点潦草
——幸好砍倒的仅仅是自己
和异于往常的速度

## 在祁连山脚下遇到一群牦牛

骑摩托车的牧人,吆喝大群牦牛
向祁连山深处奔去。顶红头巾的牧人
把一块塑料薄膜迎风张开,替牧人吆喝

牦牛拥挤着小跑而过,偶有一头牦牛
停下来陌生地望我,牧人策身去追
牦牛群起起伏伏,牧人也起起伏伏

午后祁连山脚下的草原,一片金黄
阳光打在牦牛身上,也打在半面山坡上

2018-10-14

# 甘南，甘南

裁一块草原做藏袍，鸟鸣被绿浸透
甘南轻抛出水袖，这就是玛曲黄河第一湾

牧草无边，在高原风这轮转经筒下念经
旌幡站在山坡上，为牦牛指着天边的方向

酥油和糌粑，木碗里被卓玛捏成女人的腰肢
等待扎西的歌唱，太阳一样蓬勃地升起

经历阳光也经历风雨的毡篷，从眼眶里
涌出青烟，那不是眼泪，那是向佛的祷告

夕阳，手心的佛珠，轻轻地被镶嵌在寺院金顶
光亮和形态，像从喇嘛铜号里吹出来的

2018-10-17

# 在西域

怀揣的情歌还有水分，西戈壁尚余一弯月牙泉
川流不息的G312国道，阳光抛出的一匹银绸
黑河疏勒河石羊河同抱吉他，把时光弹成一枚枚玉

胡杨是远方的亲戚，住在野骆驼浪迹的源头
未及折枝，胡杨叶子就刷地金黄金黄了
叶子拍响巴掌，每一枚都是热泪的形状

沙峰的脊瘦成纸张，一根红柳条挥毫
万卷书中，一粒文字写出一首古诗的意境
众鸟齐飞，山川起舞。天，只剩下蓝了

在西域，葡萄熟透成酒，摘葡萄少女的手
漫过我的心跳。阳光细微，在耳边起伏
我的歌声，经过西域的高温差，格外甘甜

2018-10-24

# 囊　谦

潜于青海最南端，少人听闻
地图上，与西藏昌都并肩
一只手与四川甘孜相握
她的笑容，平均海拔4000米以上荡漾
她的土地上，800余种植物生长
32种野生动物奔跑的场景，像一幅唐卡

那儿的大地怀有身孕，高高隆起
游走高原的藏羊和牦牛，怅望雪线
那儿的经幡常年喃喃有声
那儿的玛尼石，会接受太阳的摸顶
格桑花会在夏天谈论风向和时令
那儿的藏胞，是否常年身着藏羊皮袄？

想象中的囊谦，雪水清冽，石头冰凉
肖涵发回的图像上，囊谦发紫的嘴唇露出浅笑
那儿的青年，穿牛仔裤，也玩微信
暮色中，县城大街还飘出时尚音乐
从尕尔寺露出来的酥油灯光，映着新月
也映着高原上清澈朴素的目光

2018-11-01

# 途经扁都口

扁都口像一个村姑,穿着朴素
辫子垂在身后,襟上缀满油菜花气息
咯咯咯的笑声爬上了七月的白云

又像一架古琴,阳光指法娴熟
十万个音符祁连山下奔走,乐声中
蜜蜂提着篮子,在这里取走糖和时光

牛羊和鹰隼,钉在天上一动不动
炊烟和狗吠,坐在半山坡期待什么
油菜花地里的游客,反像一朵朵花儿

途经扁都口,青稞酒我连饮三碗
是夜,万千朵油菜花挂在梦中
天上银河的那些星,一律被金黄色染过

2018-11-03

## 扁都口石佛

拨开尘埃,扁都口石佛俯瞰山下的炒面庄
目光里似有一句偈语,或一段箴言

沿着石阶,仰望被风吹皱的祁连山峦
我像读一部经卷,如拜一排佛龛

2018-11-03

# 所　见

十架水车，或者更多，低头在黄河里饮水
一百只牛，二百只羊，拼力渡河

高亢的花儿，遏住了河水的细浪
紧绷的船索，拉直了弯曲的河道

一座铁桥，扣顶白云的帽子，像一个穆斯林
一座雕像，目光温软，把河神庙石雕的神兽融化

白塔山寺庙的檐角，把夕阳挂成了灯笼
水车公园的雕塑，开始划拳饮酒，卖水煮梨

2018-11-09

## 祁连雪

高举着白焰的火把，祁连山
奔跑在河西走廊

因为高度，飞鸟愈加高远
因为氧的薄淡，祁连山
以坚硬和血倒映白云和蓝天

山下有只吃草的羊，不时回望
像极了多年前失踪的那名匈奴

一缕轻烟，伸直脖子四处打望
可曾看到祁连雪无声的叹息

谁拽着祁连雪的领口，今夜
与我踉跄在一个叫作雁宁路的地方

# 兰州上空的雪

众雪。飞临兰州上空
从天庭前往地面的旅途，是否
也湿滑如地。雪啊，日夜兼程
抱着疲惫，和冷

一座城市，以八千年的修行
由东向西展开一部长经卷
等待雪，等待六角形的睫毛
雪，轻抚一河浊黄的疼痛
把一道无法愈合的伤口打湿

雪。请你稍做停顿，停下来
记住偏西北一座叫兰州的城

# 甘州湿地

杏黄的芦苇编成礼匣，盛一块碧玉

几只天鹅颈上的那抹白
镀上阳光
像精致的瓷器，真担心
那些莽撞的水纹

霜，一件薄若蝉翼的外套
披在湿地
小船草丛中驶出，像水鸟从窝里探出的头

四周的树一棵比一棵黄，像一堆堆篝火
煨着湖水

大佛寺的钟声漫过来了
是这幅水墨中最为隐秘、神奇的一笔

2018-11-18

# 古驿站

苍黄之上是一处更为苍黄的景物
行人用目光轻推一扇门,断裂的画面
沿着戈壁风尘走来。云中雁鸣

凄切空彻。两地书,最细微、隐秘的细节
把时光推搡得时近时远,天空时空时满
西风中的古驿站,散发古旧的余香

几乘嶙峋的马,嚼食干草
数名驿卒,正在洗身体的倦怠和旧疾
驿马的蹄铁,敲击西戈壁

月白的驿壁上题满了黑字,从春到秋
相思与寡欢交替,驿站放下鞍鞴。江山旷远
内心的霜雪和暖阳,都是易碎的瓷器

通关牒文,尺素书简……风吹过之后
西戈壁裸露的石头,无法吐露出更多的景色
戈壁上草木散漫,一条土道把身躯摊开

一座废墟停在戈壁的怀里

来来往往的人群，回首或兀自远去
半弯月亮，时而温软，时而冰凉

2018-11-20

据
守

# 乘火车到拉萨

踩着两条钢轨搭成的梯子
从黄土高原攀向青藏高原

每座山口,旌幡充当边裁
格桑花啦啦队排成两行

天空湖水中痛饮
一条大河淌银

雪峰披盐白大氅
羚羊擦燃高原

一地青稞拔节
一柱桑烟招手

雪莲花坐地修行
酥油灯念诵经文

一碗糌粑养育扎西卓玛
一层月光覆盖喇嘛衣襟

我有些眩晕，我知道
那不只是高原反应

2018-12-01

据守

## 俄博以西，青海湖以北

俄博以西，青海湖以北。一场大雪
落下。牛群白了，羊群更白
黑鹰雨刷器一样，有气无力

牛哞抵着天空，羊哞连着雪原
天空愈加空茫。牧人的家是剪纸
贴在雪地这块玻璃上

需要炉膛，需要火，需要青草
需要太阳拨动琴弦。需要皮囊里
再添一些酒水

一场大雪，哪一根草尖还能鲜亮
哪一块地的牛羊还肥壮如昨？
无数草芽，顶破覆盖我的夜色

2018-12-05

# 西域随想

### 走过星星峡

星星峡的星星，比内地要晚上两三个小时
要缀在天幕上的星繁多，且不掺杂一粒人间星火
有那么多风助威，仍不能按时完工

### 河西走廊的长城

一链子骆驼。又一链子骆驼
烽燧是大驼，断续的城墙是小驼
嘉峪关城楼，走在最前面的那个牵驼人

### 阳　关

运送过火药，也运送过丝绸
如今是一件仿古兵器
前面立块牌子，专供游人展览

### 雅丹魔鬼城宿营

除了黑暗和星光，还有灯盏和篝火呢

除了太阳和巨鹰，还有马匹和飞天呢
除了低鸣的埙，还有默念的经卷呢

## 鸣沙山

一条鱼。鳞在月光下一片一片
月牙泉洗净了鱼缸，奈何缸体太小
且放入西域这片海吧，任它游

2018-12-09

# 塞 风

见芦花飘荡,满耳便是塞风。在西域
风快过一列火车。嘶鸣声越过戈壁、碱淖
连天的胡杨和沙枣树是天空的根须,荡在风中
青草是大地的胡须,被塞风剃得只余须茬

或为古老的兽类,每一头塞风暗藏锋刃
横贯狭长的西域,比牛和羊要多
藏在河流里的石头,公路拐弯处的石头
眼瞅着塞风箭杆一样飞走

乌鞘岭以西,西域见证了丝绸和茶叶
也伴塞风千年。因此可以肯定
就像手指适合琴弦,塞风与西域匹配
与数座城池、一些姓氏和面孔暗合

2018-12-12

# 夕照素描

金黄的腰身,黄黑相间的花纹
今晚的夕阳,上西山采蜜

散落的石头,一簇簇花蕊
麻雀也是其中的一簇

一片树林,比花朵更红
一步步,向那只蜜蜂靠近

2018-12-16

# 弦 上

一竿竹篙轻点
小船驶入，艄公可见
水流浅滩处回旋
波纹，抱着风
丝绸般晃动

岸边七只小鹿，机敏，警觉
跳跃，或奔跑
姿势不同，方向却一致
蹄声，由远及近
又及远

弦上
水流在悬崖撞碎
一声叹，像挽歌
萦回

2018-12-25

# 卷三　　离春天很近

当我看到迎春花的时候
我总会很迟疑地问
迎春花都开了
春天还会来吗

# 1月11日。晨

1月11日。晨。众多冬日的一个早晨
晨曦把霜和暗夜抹去
红绿灯闭合与涌动的人流高度契合

寺里停止了诵经
从汽车东站鱼贯而出的大巴
不知驶向哪座小镇

守着黄河的桥，只剩下
河水和寒烟
岸上的冬天，说一句听不懂的话

路旁的一棵树连根拔下
不知道栖息在那棵树上的鸟雀
今夜能否找个地方安歇

1月11日。晨。送老父离兰
接下来我能做些什么？我这样想
窗外的一小片阳光也这样想

2018-01-11

## 今夜，春风犹硬
### ——写在自己的生日

迎春花假模假式地盛开
爆竹夸张地说一个节日
今夜，虚拟的星星，一直在微笑

今夜，我努力地做一些假设
风吹来，那些假设好的词汇
碎成一地。模糊，没有罅隙

今夜，春风犹硬
我独执一把酒壶
试图浇灭那些了犹未了的想法

# 冬日的麻雀

纷飞是一种存在形式,冬日的麻雀
从落寞飞向落寞,翅膀凝重如铁
远处的灯火,不是麻雀的家
麻雀的肺,今夜在最寒凉的地方呼吸

冬日的尘世,麻雀嗓音喑哑
低飞,抖动,蓄满晨霜的翅膀
开始寻找早餐,趁雪还没有降临
腋下探出黄茸茸的几片薄唇
是麻雀的金子,暖阳,迎春花的瓣

没有谁能一直待在天空
挂在树枝上的麻雀,比叶子更像
一片叶子

2018-01-26

# 冬日索引

被爱着，或恨着的事物
都在一场缓慢的雪中
保持缄默，或者隐忍

炉火已旺。从窗外走进的
除了白雪、蓝冰，另有
一些色彩，填补无所适从
有两只鸟，正合力拉动风箱
抽走尘世的空旷

各色枝条上陆续结上果实
红通通的灯笼，试图点燃
另一片更大的空白，却不想
拉斜了每棵树的影子

想起远方的雪地上，此刻
正有人写下我的名字
除了疼，我只能双手合十

2018-01-29

据守

# 年关将至

我想知道远方褪去叶子的树,以什么姿势活着
硬冷的天空是否有鱼鳞样的云彩
老屋的耳坠上有无冰凌叮当作响

我想知道纵情的欢呼会在哪儿登场
皮靴子会在何时弹拨地平线的弦
雪地上的羊羔啊,可找到了水草

我想知道粮食果蔬是否悉数收藏
干柴和煤炭是否备足温暖
那列未曾停顿的火车何时抵达站台

我想知道,弓一般的坟丘上
母亲会在哪天射出一箭,告诉我
见字如面,她在那边,挺好

2018-01-30

# 春节三章

## 我知道

父亲脸色蜡黄,把河水也映黄了
他一动不动地盯着岸边的柳树
像要和柳树交流点什么

似乎是与亲人们生活要做一个告别,父亲
执意去看了儿子办公的地方,还有
孙女和外孙女就读的大学
他还想去看看儿媳上班的地方
天空,时常被车晕得头重脚轻

已经离开很远,那些柳们
枝条上的眼睛,仍在望着我们
高楼的窗户,也用目光盯视
一位陌生老人的陌生目光

我知道黄河岸边那些柳树
再过月余,绿就会从枝条上淌下来
父亲啊,你的病体能否如那些柳树
也抽出些新枝?

**全家福**

笑些，再笑一些，或者叫声茄子
十二个亲人，像十二盏向日的葵花
微笑着，接受一部黑色机器检阅

在旧时的全家福上，父亲精神很好
双手不自然地放在腿上，微微笑着
注视着亲人们再复制一次喜悦

只是，在这张全家福上
父亲笑得已有些吃力
我依旧笑得灿烂，只是
笑里藏了些担心，还有忧伤

**仿佛一个梦**

仿佛是一个梦，一个
亲人共同搭建的梦

是首次，或许也是唯一
梦中的主人也许百年之后，才能相聚
这个梦因此无比郑重和易碎

梦太阔，太过奢华。因此
床，折叠床，沙发，都被铺满
甚至在书房需张罗一个地铺
才能让这个梦舒展开身子

正月初四，千里之外的亲人们
又奔赴千里之外
热闹的梦，一下安静起来
我的心，也空了一下

据守

## 怀揣巨大的秘密

怀揣巨大的秘密,隐匿于尘世
那些发酵的秘密,暗藏无数玄机
我把她们包裹得严严实实

曾水土不服,拥挤和浮躁
让我站立不稳,为找到果腹的粮食
至今,我仍立在土地的低凹处

一块石头,游走于体内
疼痛埋进骨头,如一枚钉子
钝疼或锐疼,都与生活息息相关

摔碎过一只青花瓷,四散的碎片
让一朵欲开未开的花朵
成为旧物

想推开柴扉,立于一畦菜地,让南瓜
坦然爬上我的手臂,让向日葵认为
我就是一束小麦,一朵玉米

曾心存遐想,花费大量文字

叙述一匹老马，赞美亲人
我要还原对他们清纯的爱

怀揣如此巨大的秘密
我如同一块黑石包裹着的玉

2018-02-02

据
守

# 与君书

迷恋于把鸟和天空置换
让山飞翔,让鹰静卧
会随手把马的嘶鸣捞来,置放在
一段分行的文字中

路过高大建筑,常担心有人失足
蚕豆花开,会闻到翻炒蚕豆的清香
面对画样的山水,会把情人之间说的那句老话
音量放大若干倍

对外面的灯光,常常暗含期待
会幻想石头开出花,头戴王冠
会约三五诗友,用月色铺纸,等晚风出题
会对着摇摇晃晃的星光喊:我没醉

而更多的时候,我只想搬一条长凳
与所爱的人安静纳凉

2018-02-03

## 给听荷

也许是无意的,听荷
在春天的那个动作

但这不能阻挡,一个
一岁半的小小身体
所带来的善意

世界,瞬间柔软
如一匹丝绸

2018-02-12

## 对钱寨的描摹

怀抱一颗夕阳,黑白画的钱寨
镀上一层疏淡的金黄

院墙是枝条,门扉的对联是花朵
庭院被开成一树树孤寂的蜡梅

村东传来的唢呐声状若炊烟
不是嫁娶,就是老人离世

弃置的涝池空留一个形状
如我丢失多年的一把吉他

演过露天电影的戏台,空荡荡的
台下不见那双眼睛

正月,走在钱寨的土街上,风从肋间
呜呜地吹。我内心一阵喧哗

2018-02-28

# 芦苇志

一朵悬挂在枝头的芦花，就是
一个女人顶着秀发
千万株芦花，就是千万个女人聚会

并排而立，倒影相扶
彼此倾听。心跳，挨着心跳
尘世悲欢，始终保持婴儿般的纯净
葱茏，还是凋零，坚韧穿插全程
终脱不了骨子里的柔软
只要风撩拨一下，便无法宁静

荣了枯，枯了又荣。为报答
这儿曾有的一滴水，芦苇于旷野中
像一条解冻的河流，把春天的爱渐次打开
其实，干涸或湿润，它的内心一直在拔节

2018-03-16

# 杏 花

终于，六瓣花叶团成大片白云
透明空灵。胭脂点点。占尽春风
杏花，细细的芽儿在我心中
已生长了一个漫长的冬天

净白的花瓣上，徘徊的
不止我一人的目光
我的村庄端坐在杏花深处，素朴光阴中
有一位叫杏花的妹妹，此刻
定然数着杏花。一朵、二朵

怕再看到时，花瓣散落一地，杏花啊
我轻手轻脚。然，这是一个多风的季节
不恨杏花，只怨东风
就让杏花兀自开吧，缘何让它零落成雨

2018-03-17

## 梦　境

高高的白杨上有只新筑的乌鸦巢
结实的阳光砸在泥墙之上
梦境真实得如同多年前的一个场景

梦中，有人喊一声我的乳名
声音空洞，难识来自哪个方向
我诧异，未将乳名告诉过任何人
今世怎能再有人叫起

荒凉、孤寂的月色中，独坐
猛然想起，喊我乳名的正是母亲啊
二十余年，见或未见，都是亲人

2018-03-18

# 离春天最近

> 1992年3月底,母亲来兰州看病。在五泉山上以迎春花为背景,为她拍下了一张照片……
> ——题记

有一种事物很细碎。轻盈,不知不觉
黄灿灿的笑容,让岁月轻盈
有点娇柔地别在兰州春天的胸襟上
装饰着一些诗歌,一些梦想

1992年,母亲和那件事物站在一起
我定格下母亲的笑容,连同
那件事物的笑容。此后
我记住了,有一种事物离春天最近

有一种事物离春天最近
人们总是惊中带喜地把她唤作迎春花
但这么多年了,当我看到迎春花的时候
我总会很迟疑地问:
迎春花都开过了,春天还会来吗

# 风呵，请缓点吹

——写在为母亲二十年前所立的墓碑前

  风啊，是一把锉刀
  用二十年的时光，冰冷地打磨

  它要把那块石头
  变成别的石头
  它要把一种情感
  麻木成别的东西

  风啊，请缓点吹吧
  即使你磨平了石头上的字
  也磨不平一个儿子对母亲的记忆

# 桂 花

老家不长桂花树,老家人没见过桂花
老家人爱给八月的女娃取名桂花

既然是花,肯定会开,也会谢
不知它是淡紫、粉红,还是六瓣,八瓣
是花,肯定要灿烂
是花,当然有清香

关于桂花,老家人就这么想

2018-04-19

# 题一块藏石

是石,又迥异于石。以沉默的光亮
表达自己的忧伤,孤独无法触及

若干年前,应经历过一次火与火的战争
如今,新伤和旧情,紧紧挤压在一起

也许是古生物长久的演化
才能将柔情与刚烈和谐地连体

为等待一声惊叹,怀抱秘密
在一条河道的泥沙中潜伏已久

等来的是切去另一半的命运
有声音喊停切割机,但背上还是留下印记

我家的博古架上,摆着一块半石半玉
——玉是祁连玉,石是祁连石

2018-04-25

## 故园所见

老墙边的一树山楂花，已经开过
有点雏形的山楂果，高高挂起

一丛野草自在地生长，它看见
青灰的天空，和兀自摇晃的秋千

刻我名字的那棵树，春天没有如约醒来
裸着枝干，一树残局谁来拾掇

叽叽喳喳的鸟雀们，见到生人
停止吵闹，之后一哄而散

故园，刚听到锈损门环被拍响
就又听到，火车的蹄子，踩响大地


2018-05-01

## 收 割

一把镰刀顶着烈日，迟缓行进
恍若大海上的船桅。发出细碎声响
阳光西斜，磨镰的声音会再次响起

麦芒和麦茬的黄构成秋天的全部
收割的场景，亮闪闪的被汗珠反射
单调而漫长。镰刀无法割断

母亲送食物的瓦罐，才是我的天空
直到1991，我再看不到天空的浩瀚
每次经过麦田，我都会莫名地战栗

2018-05-02

# 边写边哭

## "父母在,不远游"

一句古训,被我抛得太远
遥远模糊如家里的那只花狗
那古训,其实是无数人用泪和悔
凝就的一座建筑

有种痛,它不是痛
它无法治愈,痛完了还会再痛
这种痛常因一个节日,一个机缘诱发
比如清明,比如中秋,甚至生日
都会让隐伤在体内游移

纸上的字,除了迷茫与无助
不可能有什么意义,但
远方的母亲啊
请允许我为你的年轮再加上一圈
权当在你的坟上,添了一捧土

## 草已经青了

南湖公园的柳树已经泛绿
墓园深处的草大概也青了吧
至少,该探出了绿芽

古人常说,清明时节
雨纷纷,路上行人欲断魂
母亲啊,趁着雨歇
你出来看一眼吧
看一眼已经发青的小草
顺便看看我——
你走时匆忙,没有看到的儿子
那可是从二十七岁已长成五十多岁的儿子啊

## 几十年后

在这个过了几千年的节日
母亲,我该送什么礼物给你

那边阴冷吧,那边潮湿吗
要不送你一床电热毯?

那边黑吗,那边有电吗

要不送你一大把蜡烛？

你什么也不说，只让风
把墓草吹得摇了又摇

那二三十年吧，或者比这还短
母亲，当你打开门扉，看到一位
体态臃肿、头发稀少的老人
不要惊讶
那是你多年未见的儿子啊
把自己送给你

# 打 动

太阳洒下来，闪光的词汇
敲响尘埃，万物金子一样闪亮

雨水滴落，晶莹的身影
让每一棵苜蓿，把大地认作乳房

鸟的鸣叫，在城市上空飞翔
都市恍然有了森林，和坚果

母亲俯下身子，梳子下来
冷却的世界，立时温热了一半

2018-05-26

# 老 屋

风吹草低，老屋也被风吹得更加低矮
全身的重量，被两根门柱撑着
老屋数着日光和月光，数着昼与夜
似在默念经文，远处田地是摊开的经卷
杨树上的乌鸦，偶吐出几声怪调
老屋不知，或佯装不知

路口一个身影。老屋，踮起脚尖
两只窗户，一双黑洞洞的眼睛
明亮了一下。仅一下
那扇门扉，一张欲言又止的嘴巴
吐出半个音节，随后被西风吹走

雪花扑簌扑簌地打在老屋上
不久，屋檐就挂满了滴滴答答的水串

2018-06-06

## 外婆的棺木

一口棺木在灶房靠墙停放多年
时日太久，成了家里普通的物什
普通得如外婆随独女聊度岁月

每年秋天，父亲掀开棺盖
一斗一斗倒入，金灿灿的麦子
我摸着凸起的棺板，像摸着自己的肚皮

那年夏天，陈年的麦子都被倒出
棺木陈旧的容颜，被涂上猩红的油漆
红漆之上的几只鸾凤，栩栩如生
两根麻绳绑起棺木，走向村外

灶房靠墙处的那片空白，像一只眼睛
注视了我许多年

2018-06-08

# 青 杏

杏花春天就落了,杏树上
露出了一张张青杏的小脸

常有女子站在树下,看青杏
一天天长大,由青转黄

青杏长大的声音细碎而缓慢
风雕刀一样,蚀着果实的容颜

所有的果实都一样,都在长大
梨、苹果、山楂……

这些青涩的果实,默度时日
其实她们有很多话想说给别人听

2018-06-28

# 纸 上

一对燕子并翼齐飞,时高时低
像一段舞蹈
让人疑为,那就是爱情

两只铁轨。一条伸向远方,另一条
原路返回。有人指认
那就是乡愁

有条河流,蜿蜒的弧度
与马头琴声吻合,有人从中
看到南飞雁,看到辽阔和悲怆

三两朵荷,顶着露珠和蜻蜓
婀娜的腰身,弱不禁风
有人叹,世上的美集此一身

一些亲人和传说,在此间
来回奔波。常有温暖的声音
诵读,呼喊,连绵起伏

纸上的事,总让人觉得

世事难料,且皆有回响

2018-07-03

卷三 离春天很近

## 找 到

野花，找到雨露。羔羊
找到了草稞

细雨，找到秋季。月光
找到老城墙

芦苇，找到了编席能手
荣光，找到黄铜口琴

火车，找到钢轨
炊烟找到故乡

我，找到走失的母亲
她一直游走在我体内

2018-07-06

## 钱寨素描

东面是沙坝河，再东是小堵麻河
西面没什么大河，有第二斗渠，简称二斗
南面是乱疙瘩，我曾以为那里布满小丘或者坟岗
其实，那里是一个自然村，又称钱寨一队

村子中央是大队队部、戏台、涝池和学校
戏台常年不用，只在春节时会打扮一新
近年农闲时，偶尔也会上演帝王将相
涝池有大小之分，大涝池人吃，小涝池牲口吃
大涝池近年填平了，小涝池还在，也没牲口吃了
涝池北的学校原建在一座寺庙内
我小时候就在宝雄大殿里诵读a、o、e
大殿很大，可容纳三个班同时上课
一个方向摆一块黑板，一个黑板前一位老师
学校修缮改建多年，已看不到以前的样子
村上有人时常会掰起指头数小学走出了哪些人物
成娃、瞎喜娃、狗惊娃……
谁官至县太爷，谁读到博士后

村子里的路已全面硬化，与小学相邻又建一座寺庙
平常只能看到老人与小孩

## 据守

那么大的地丈全靠他们务弄
有力气的年轻人都去了深圳、新疆
有数只狗在马路上懒散地溜达,偶尔
对着打架的鸡吠叫一二声
从村里时常传来一些不祥消息
东场湾的李某得了癌症,钱家娃子外出打工时
违规操作被截去右腿,刘家的婆姨跟上别人
怀爷死后找不到一张照片挂到灵前

村里的风景越来越恍惚,一截古城墙越来越苍老
谈及儿孙娶媳妇的大事,老人的背也越来越驼
如今彩礼已涨到十五万,这还不一定能娶上
乌鸦的翅膀时常遮蔽西天的火烧云,钱寨人说
明天定是个红日高照的大晴天

2018-07-16

# 村 医

像一枚月亮,漫溢出辽阔的清辉
均匀地撒在乡间。是生命的
灯盏,蠕动在乡村的土径上

有山风,有鸟鸣,阳光不紧不慢
山花悠悠地开着。但,他们是旋转的
他们总是追着尘埃,急冲冲撞开一扇扇门

数根银针,三俩片药,几声呼唤
用几分侠肝义胆,轻拢慢捻
直刺尘世的疼

有时,星儿散尽。如同
面前消失的体温和心跳。一罐草药
苦味会渗透多半年的时光

他们更像田埂的那些植物
开着凄楚的小花。我的母亲
曾是其中的一朵

2018-07-17

## 麦秸垛

牛、马、骡子和驴,浩荡的碌碡队伍
碾压生长了一个春天和夏天的麦子
脱了麦粒的草秸垛,像祭天地的大馒头
松软、白中带黄、散发着麦香
碾场是祭台,尺寸正好

阳光抱着麦秸垛,麦秸垛抱着我
我抱着这个秋天的安心

2018-08-06

## 微 光

旷野里忽闪忽闪的,是磷火
它来自于动物的骨头,包括人

天空中一粒一粒闪烁的,是星光
它来自于亿万光年的星球

草木深处飘荡的,是萤火虫
用身体穿透空气和虫鸣

夜里一跳一跳的,是母亲
为我纳鞋底时针尖上的芒

2018-08-06

# 六坝考

对于家乡的地名,我只知其一
民乐人王登学,用地名写了许多诗

少时逢哭,家长便斥嘴张得像六坝大涝池
其实六坝闻名的不仅有大涝池,还有
2000年的圆通寺塔和300年的古槐树
六坝村人口5000,海拔1800米
是民乐县第一大村

应与拦水有关。头坝、二坝、三坝、四坝……
有些成了村名,比如二坝、四坝、五坝、六坝
有些没有成为村名也就没有了名分
之后再没有看到七坝、八坝、九坝
想必是水到此已精疲力竭,不肯再前一步
六坝:太阳搬走云朵,北风搬走雪花

六坝,东边和西边都是干涸的河道
河道很宽,河岸很高
北边是工业园区:盖了些厂房
所栽种的苹果梨曾风骚过几年
若干年前曾试图开钻油井

常怀有一颗清风明月之心点亮星空

2018-08-06

卷三 离春天很近

## 李家地

见过最好的麦子，在李家地
金黄的麦子，染黄了视线
直起身，便看见母亲正在挥镰

风摆过，李家地的麦子沙沙响
漫长的声浪，让处身其间的人虚空
地的尽头，一直在天边

天幕终于落下，李家地的麦子
一半被放倒，整齐地铺放在身后
我单薄的童年，是一把镰刀的形状

如果李家地可以变成旷野
如果麦芒可以持久摇曳

我愿擦亮那把锈迹斑斑的镰刀
在秋日的某个清晨归来，仅仅
为了看一眼母亲挥镰的姿势

2018-08-23

# 此 殇

——写在为母亲迁坟之际

其时天空低矮,数只麻雀,不用使劲就飞到了边
其时杨树凋落最后一片叶子,秋风中两手空空
其时母亲像一朵雪花,泅湿了大地的一粒尘土

知道北京是首都,从未见过首都是什么样子的母亲
知道玫瑰代表着什么,从未收到过玫瑰的母亲
未戴过戒指,只有一枚顶针从未下手的母亲

时常想象尘世留给你的最后味道:微甜、略苦、
　过咸?
时常想象世界最后留给你的形状:三角形、四边形、
　圆形?
母亲啊,近三十年的谜,今天能否找到答案

河流转几个弯就不见了,云朵飘着就走远了
时间这块橡皮,用二十七年时光擦拭母亲的踪迹
偶尔也只是成为我诗句中的一个词汇

种在地里这么多年的母亲,至今没有长出
生前侍弄过的那些麦子、玉米、青稞、豌豆

## 据守

只是坟头的几株茇茇草，每年绿一回、黄一回

今天，我要掰开吞食了母亲的那张嘴
今天，我要找出被泗湿的那粒微尘
今天，我要让西天边的落日忍住泪水

我要看看，逢年过节送你的香烛、纸钱，可否收悉
我要问问，深一声浅一声的呼唤，可曾听到
我要知道，这些年是否仍忙着教书、种地

然而，我不敢打开薄棺，生怕四十九岁的微笑已经
　腐蚀
我不知道，面对一个体态臃肿头发花白的男子
你是否还会惊喜地喊出"成年""成年"！

2018-08-31

## 站在收获后的玉米地

十万亩玉米叶子秋风中细语
十万亩玉米秆轻轻颤动
十万亩玉米穗宛然如画

被车拉走的玉米穗
晾晒在庭院,饱满,性感
撕开一角,若掀起新娘的盖头

与收获后的玉米地站在一起
我得紧紧控制住自己的身体
不能让他在秋波里溺水

2018-10-02

## 面对祁连山的空茫

地势自南向北低下来,我在更高与更低之间行进
风声,敲打着金黄的杨树叶子。一溜花地
给祁连山的颈项戴一个花环。更远处
祁连山顶着白色毡帽,放牧着山脚下
数群羊只。几只硕大的老鼠,大着胆子张望
又迅即逃回洞穴。几只似鹰非鹰的巨鸟
翅膀时而扇动,时而合拢。民乐至南古这条公路上
几只麻雀目光空茫,情形同我的游走

2018-10-06

## 与钱寨村擦肩而过

地里的麦子被秋风这把镰刀收割殆尽,麦茬
像一枚枚钉子钉紧,大地才不至于被秋风收走行进
在秋天的钱寨,麦子茂密时的情景时刻闪现
麦子虽无喉咙,也会唰唰地哭。幸有黄昏
不失时机地藏好了两行河流,也藏好了
我的悲凉,如信笺里那朵褪色的花朵

2018-10-06

## 地里长着的那些花儿

大片的万寿菊，大片的紫花草，大片的茴香
黄的、白的、红的、紫的，等农人收获
10月3日，去燕洼地看久病在床的姑妈
地里的那些花儿，阳光下一朵朵迎着我
10月5日，燕洼地的风还吹着，鸟还叫着
姑妈，已像天空的一片云飘走了
众花啊，请准允我的最后一个请求：
允许我把成片的花朵，连同高大和低矮的枝干
视作送给姑妈的一个巨大的花圈

2018-10-06

# 薄暮中的民乐

暮色在万寿菊上踩出一溜碎步
夕阳怀抱鞭子,吆喝着牛羊归圈

太阳的光斑像逃兵,被风一一捉拿
马蹄寺的香客安详而满足

白杨树梢吹着哨子,哨音
抚着发蓝的山顶,抚着一渠的冰水

割芨芨草的刘家姐夫头戴凉帽
枯蒿和蓬草,透出些疲惫的淡漠

2018-10-11

# 老榆树下

老榆树下，有人拾掇农具，有人侍弄牲口
有人春风里赶路，有人秋风里返回

老榆树下打的铁，能做锄头刀镰
老榆树下的土路，像一条脐带

每打一次碗，榆树下就少一个亲人
每一次新鲜的啼哭，榆树就青翠一次

老榆树下的人时常醉在异乡的餐桌
想起迎风的那些榆钱忍不住痛哭

老榆树的腰身越来越弯，风一吹
骨头折断的声音，噼啪作响

2018-10-15

# 醉酒归来

把酒临风,明月照松间,也照着我
音乐不安分,灯光暧昧。都是孤的天下

如给我疆场,我会用刀子,抚摸仇敌
如再给我半瓶烈酒,我会踏破贺兰山阙

醉酒回来,猛然看到雁宁路上
自家的小屋,还留着灯光

2018-10-18

# 与菊花书

无数目光抚摸你，仍静立路边
那么多流言拥向你，依然盛装一生

一簇簇，湿漉漉。沾晨露秋风
写十月的寒意，和隔世的恍惚

舞动裙裾，蓝天之下那么雍容
弯曲花瓣，是时间最好听的和弦

菊花，沾着烟火气的名字让我想到村姑
菊花，不抵饥寒，却直逼心灵

2018-10-28

## 简单的往事

那年夏天，庭院被我清扫得格外干净
每天午后，我都用清水摁住浮尘
院墙的影子长得比我高时，我就把
一张油漆斑驳的小桌摆在院内

拖着疲惫的长辈，推门后笑容迸溅
我为他们一一掸去劳作的尘土
从菜缸捞出酸菜，端上小米粥，和那些
从土地中刨出又贮藏在土地中的根茎

太阳的余晖给屋顶戴一顶黄色的帽子
静静地看着普通农家的艰辛与快乐
那年夏天，仅有的一只山羊
用奶给小米稀饭的暖色上涂了一层亮

2018-10-31

## 我已在归去的路上

就像积雪,要融于天空
就像阳光,要隐入暗夜

终究会要转身,只是眼里
有时流的是泪,有时又是血

如果在家门口,我却找不到家
那一天,我已在归去的路上

据守

# 整个冬天

整个冬天，我偎着小小火炉
看一场雪，如何覆盖另一场雪
杯中的叶片起伏不定，每片茶叶
都像是在流浪

整个冬天，苍茫而孤寂。屋檐下
两扇窗户，像两只乡愁的眼。而此刻
远方的岩石上，斑驳的壁画正开派对
寺庙里的烛光，像一朵花，暗淡地开

整个冬天，我都在遥想
一些无关紧要的事物。常感动于
山丘之间的温暖与舒缓。也知道
冬天正在孕育花蕾，将会在春天分娩

2018-11-16

# 日 常

一只三条腿的黄狗,卧在小区门口
看车辆进进出出,半声不吠
有时会走几步,更多时卧着

院内的几棵树上,栖十余只杜鹃
经常跳下觅食,有人走近就飞离路面
未听见它们喊半句"布谷"

风吹过,树上落下一批叶子
风再吹过,又一批叶子落下
压在前面的树叶上

门房内的窗台上摆着数封信函
有一个男人,手捧一张薄笺
把眼镜摘下又戴上,戴上又摘下

2018-11-17

## 钱寨小学和大悲寺

大悲寺的飞檐不能再翘，再翘
鸟鸣就没了安身之处。幸亏
有高过大殿的读书声和三叉木杆

诵经声和木鱼声也不能再大，再大
就会击穿学校的耳膜和颜面
香火也不能再盛，再盛
就遮蔽了阳光和雨露

学校在西，寺在东。一墙之隔
在此读过书的市教育局副局长程九云说：
绝不能让佛像高过孔子的塑像

2018-11-20

# 篮 子

地上所挖的坑穴,如同一只篮子
爷爷和母亲等逝去的先辈,就像土豆
和萝卜,各自盛放在一只篮子里

可是,那只篮子中了什么蛊
常让我怀想,心痛

2018-11-24

# 一盘草绳

挂在墙上的一盘草绳,像一条
冬眠的蛇,等春天将它复苏

数年前我看到它挂在墙上
数年后我看到它仍挂在墙上

搓这盘草绳的爷爷已不在多年
一盘草绳,再也等不到春天

2018-11-28

# 再次写下一个村庄

雪地上的钱寨,大地上的一块补丁
杨树上的乌鸦,已不是去年的几只

河滩的坟又堆了几座
荒掉的地新添了几块

有人在外乡走失
有人请戏班子唱戏

林场北的青草仍一年一绿
小堵麻河的羊一年换一群

土地依然养育庄稼和人
院落里仍能看到打盹的土狗

钱寨村,攥有大把时间
又似乎在一夜间老去

2018-12-13

# 我在想

可否这样假设：在另一块玻璃后面
也有一个人，望着脊线分明的山脉
在想象另一个人正在看日落

风慢慢移动，顺手摸着芦花
像摸着我们的孩子，大地上
满是低着头的影子，在怀念什么？

马儿铜铃低摇，铃声铺满道路
一札信函，御寒的衣服，已显旧色
而雁鸣声，仍很执着

2018-12-23

# 喂鸽子

无数只鸽子麇集在广场上
等待游人喂食，一羽羽
体态臃肿，像绅士

它们神态安详，神情自如
它们听不懂各地方言，但能窥懂
喂食者的动作。它们深知受宠
会跳上人的肩头，也会
在人的指尖盘旋
以各种姿态取悦游人

有一只鸽子，郁郁寡欢。偶尔
捡吃一粒游人扔过来的鸽食
更多的时间，在仰望天空

2018-12-23

# 自 白

白云被赶成羊群
闪电被搓成绳子

把雨打造成钉子
把歌声幻化成一匹马儿

让一只鹰弹响松林的琴键
让一尊佛推开一扇柴扉

把一颗心雕成山河
让牛粪火开成花朵

……

我所有的努力，皆因
试图让自己更辽阔些

2018-12-23